KB043437

그래도
명랑하게
살아간다

그래도 명랑하게 살아간다

초판 1쇄 2019년 12월 31일

글쓴이 | 장미
펴낸곳 | 도서출판 단비
펴낸이 | 김준연
편 집 | 최유정
등 록 | 2003년 3월 24일(제2012-000149호)
주 소 | 경기도 고양시 일산서구 일중로 30, 505동 404호(일산동, 산들마을)
전 화 | 02-322-0268
팩 스 | 02-322-0271
전자우편 | rainwelcome@hanmail.net

ISBN 979-11-6350-022-3 43810
ISBN 978-89-967987-4-3 (세트)

값 11,000원

이 도서의 국립중앙도서관 출판예정도서목록(CIP)은 서지정보유통지원시스템 홈페이지
(http://seoji.nl.go.kr)와 국가자료종합목록 구축시스템(http://kolis-net.nl.go.kr)에서
이용하실 수 있습니다. (CIP제어번호 : CIP2019053719)

그래도
명랑하게
살아간다

장미 장편소설

단비
danbi

BAGGAGE ✈ STRAP TAG

1

런던 여행자, 타쎄오

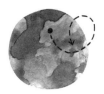

예지 누나에게서 마지막 메일이 왔다.

'나는 이제 파리로 떠남. 열쇠는 옆집 케이시네에 맡겼어. 내 이름을 말하고 코리아에서 온 학생이라 하면 열쇠를 줄 거야. 방에 잘 들어가면 연락 주고 잔금 보내 줘. 집에서 걸어갈 만한 마켓이나 빵집, 이런저런 정보들을 메모해서 책상 위에 올려 두었어. 런던에서 좋은 추억 많이 쌓길 바라.'

내가 런던으로 떠날 날도 드디어 코앞으로 다가왔다.

고등학교에 들어가기 전 중3 겨울방학에 나 혼자서 모든 계획을 세워 자유여행을 하기로 했다. 다들 고등학교 선행학습을 하는 중요한 시기에 한 달씩이나 여행이라니. 감옥과 다를 바 없다는 기숙학원에 들어가는 것도 아니고 어학연수를 하러 가는 것도 아니고 진짜 '그냥 여행'이라니.

부러워하면서 이것저것 물어보는 놈들도 있었고, 이상하게 여기는 애들이랑 선생님들도 있었지만, 나는 아무에게도 아무 말 안 하고 그냥 살짝 웃어 주기만 했다. 뻔하고 흔한 인생을 사는 니들이 파란만장한 내 인생을 이해할 수 있겠니.

뭐, 나도 너무 파란만장해서 심장이 벌렁거리고 다리가 후덜거리는 인생을 아주 완전 환영하는 건 아니다. 솔직히 말하자면 평범하고 지루하게 사는 게 가장 좋은 거라는 걸 난 이미 알고 있다. 하지만, 팔자가 이런 걸 어쩌겠나, 받아들이는 수밖에. 사실, 팔자라거나 운명이라거나 하는 건 별로 안 좋아하는 주제고, 조금은 특별한 가치관을 가지고 살아가는 엄마 아빠를 만난 것이 내 인생에 영향을 미쳤다고 말할 수는 있겠다.

사랑하는 우리 아빠. 십몇 년 전에 영화 한 편을 찍어 신인감독상까지 받아 기대주 소리를 듣기도 했으나 그 이후로는 언제나 '작품 구상 중'이거나 '프로젝트 진행 중'이시며, 가끔씩 강의나 회의, 헌팅을 가기도 한다. 이런저런 학습지나 자기계발서를 번역하는 것으로 돈을 벌고 있지만 그건 어디까지나 아르바이트일 뿐이고 자신이 '영화감독'이라는 사실에는 추호도 의심이 없는 분이다.

또 하나, 아빠의 특별한 점은 아빠 마음속에 '사랑 - 이웃에 대한, 인류에 대한, 생명에 대한 사랑'이 아주 큰 자리를 차지하고 있다는 점이다. 사람들마다 내면에 월등히 많이 갖고 있는 것, 그 사람을 대표하는 성격이 있다고 생각하는데 아빠에게는 그게 사랑이다. (이 부분에 대해서는 여기서 더 이상 말하지 않는 게 좋겠다. 왜냐하면 나는 지금 '사랑' 때문에 살짝 피곤한 상황이고, 게다가 이 주제는 간단히 끝낼 수 있는 얘기가 아니기 때문이다.)

다음은 하나밖에 없는 우리 엄마. 고등학교 생물 선생님인 엄마 인생에는 '연금'이라는 동아줄이 있어 학교에 나가 턱이 빠지도록 일을 하고 (엄마는 피곤하면 가끔 턱이 빠진다.), 아들 둘을 키우고 남편도 키운다.

친척들이 모였을 때 누군가 아빠에 대해 비웃음 섞인 관심들을 보이면, 예를 들어 "아이고, 우리 최 감독은 언제 할리우드 진출하나." "이 사람아, 할리우드고 어디고 간에 영화감독이라는 게 꿈을 먹고 사는 일이여. 안 그래?" 이런 식의 대화 말이다. 그러면 절대 가만히 있지 않고 "이 사람은 예술가예요. 게다가 심성이 아주 선하고요."라고 당당히 방어할 만큼 본인이 착하고 순수한 사람이다. 동시에 자식들에 대해서는 "나는 성적이나 입시 갖고 안달하는 엄마가 아니에요. 아이들이란 믿고 기다려 주면 다 자기 길을 찾는 거죠."라며 큰소리를 칠 줄도 안다.

엄마가 그런 허세를 부릴 수 있는 건 우리 형 최태호의 영향이 크다.

어려서부터 아무 이유 없이 마냥 똑똑한 사람이 가끔 있는데 그게 우리 형이다. 누가 뭐라 하지도 않는데 시간이 나면 가만히 앉아 독서를 하는 사람. 동네 친구들하고 똑같은 학원에 다녔는데도 공부는 혼자서만 유난히 잘하는 사람. 하나를 배우면 서너 가지를 연결해서 결국은 여덟, 아홉 가지를 스스로 깨우치는 사람. 공부도 잘하는데 성격까지 착하고 태도는 성실한 사람. (그래서 쪼금 재수 없지만 미워할 수 없는 사람.)

자기가 해야 하는 일이라면 부모의 간섭이나 도움 없이도 스스로 잘해 내는 형이었기에 남들은 다 고등학교 수학 공부를 하고 있는 중3 겨울방학에 엄마는 형 혼자서 한 달 가까이 중국으로 자유여행을 다녀오게 했다.

그때 대단하다고 놀라는 동네 아줌마들 앞에서 엄마가 뭐라고 했냐 하면, 혼자 계획하고 진행하는 자유여행은 그 어떤 공부보다 유익하다고, 나는 학원 빼 주는 거 말고 터치하는 거 하나 없다고, 다 지가 알아서 하는 거라고 했다. 그래 놓고 우리 식구끼리 있을 때에는 또 무슨 말을 했냐 하면, 이거야말로 다른 아이들에게는 없는 훌륭한 스펙이 될 거라고 했다. 그러면서, "내가 지금 독특한 스펙 챙기려고 여행 보내 주는 게 아니라 넓은 세상 다니면서 환기도 하고 혼자서 생각할 수 있는 시간 주려는 거야."라는 말도 덧붙였다. 여하튼, 그리하여 고등학교 들어가기 전에 혼자서 긴 자유여행을 하는 것은 우리 집의 멋진 전통이 된 것이다.

선행학습도 제대로 하지 않고 들어간 외고에서 줄곧 좋은 성적을 받고 있는 우리 형. 이제 내년이면 고3이 되는 형은 혼자 속으로 스트레스 좀 받는지 몰라도 우리 식구들은 (적어도 아빠하고 나는) 형에 대해서는 한 개도 걱정 안 한다.

그런데 나는! 나는 형하고 종자가 다르지 않나.

초등학교 시절엔 원치 않는 일들로 주목을 받다가 (내용은 굳이 말하고 싶지 않다.) 이내 '공부는 보통인데 예체능을 좀 잘하는 아이' 그룹에 들어갔었고 중학교 때에는 '모든 것이 보통인 아이'가 되었다. 이제 고등학교에서는 (아아, 물론 나는 외고 따위는 꿈도 꾸지 않았다. 집에서 가까운 고등학교가 마침 남녀공학이니 이 얼마나 좋은가.) 마음을 비우고 가끔 꿀꿀할 때도 있겠지만 대체로 명랑하게 학교에 다닐 일만 남았다.

아빠는 머리는 좋은 것 같지만 자유로운 영혼을 지닌 예술가답게 대충대충 살아가는 사람이고, 엄마는 머리는 별로라는데 매사에 성실하고 꼼꼼한 사람이다. 아마도 형은 아빠의 똑똑한 머리에 엄마의 성실함을 골라 간 것 같다. 이제 내 몫으로 남은 건 엄마의 평범한 머리와 아빠의 게으른 성향뿐인가? 크.

그러니 혼자 알아보고 계획해서 여행을 다녀온다는 것도 사실 내게는 썩 내키지 않는, 귀찮고 어려운 수행평가 같은 것일 뿐이다. 한 달 중에서 일주일 정도 홍콩이나 대만 같은 곳으로 패키지여행이나 보내 주면 딱 좋으련만. 대충 따라다니면서 맛있는 거나 먹어

보게. 나머지 날들은 동네에서 그냥 빈둥빈둥 노는 거다. 어차피 여행 가면 공부 못 할 테니 그 시간만큼 이렇게 노나 저렇게 노나 마찬가지 아닌가.

"야 이 새끼야, 니가 아주 배가 불렀구나. 나 같으면 고등학교 들어가기 전에 혼자서 여행 다녀오라 하면 감사합니다 절을 하고 가겠다."

초딩 때부터 단짝이었던 원호가 말했다. 고등학교도 같이 갈 줄 알았는데 엄마가 노력을 하시어 (단언컨대, 원호는 노력한 게 한 개도 없다.) 집에서 조금 떨어진 자사고에 가게 된 원호.

"야, 세상에 공짜가 어딨냐. 큰맘 먹고 큰돈 들여 여행 보내 줄 때는 다 이유가 있는 거지."

"세상은 넓고 멋진 곳은 많구나. 나도 열심히 공부하여 큰사람이 되겠어. 이런 깨달음? 은근 부담스럽네."

"은근이 아니지. 겁나 부담스럽지."

"그렇다고 나는 다 싫으니 보내 주지 말라고 할 수도 없잖아."

역시 내 마음을 아는 건 원호뿐이다.

세상에서 제일 불쌍한 고딩이 누군지 아나? 전교 꼴찌? 전국 꼴찌? 아니다. 부모님 두 분 다 서울대 나온 고딩이란다. 남 보기에 괜찮은 부모님과 안팎으로 훌륭함을 인정할 수밖에 없는 형을 둔 나도 만만치 않게 피곤하다. 그나마 내가 성격이 좋아 허허실실 웃으며 살아가고 있지만 뭐 하나라도 형 못지않게 잘하는 게 있다는 걸 보여 주고 싶은데 잘 되지 않아 씁쓸한 인생이다.

그런 속마음 때문이었나. 형은 외고 중국어과에 붙어 놓은 상태였던 터라 중국 여행을 계획하여 다녀온 것인데 나는 어디로 가면 좋을지 가족들 모두 의논을 하던 중에 갑자기 나도 모르게 '런던'을 외친 것이다.

"이왕이면 어학 공부에 도움이 되는 쪽이 낫지 않겠어?"

"필리핀, 말레이시아 같은 데 어때요?"

"그러게. 거기도 영어권이니까 괜찮겠네."

아빠랑 형이 주거니 받거니 떠드는데 이유 없이 마음이 삐딱해지며 아주 먼 곳이 떠올랐다.

"난 아시아 싫어."

"아시아 싫으면, 그럼 어디 가게?"

"유럽 갈래요."

"유럽?"

"응. 영국 가고 싶어요. 런던."

갑자기 튀어나온 런던이라는 말에 가족들이 서로 얼굴을 바라보며 잠시 말이 없었다. 멋진 전통이네 뭐네, 학원에 앉아 있는 것보다 훨씬 더 훌륭한 공부네 어쩌네 해 놓고서 이제 와서 안 된다고 할 수도 없고 뭐라 하면 좋을지 몰라 우물쭈물.

내가 형보다 나은 게 있다면 배짱, 넉살, 패기… 뭐, 이런 종류인지라 애매한 분위기에 굴하지 않고 목소리를 더 높였다.

"형하고 돈 똑같이 주면 되잖아. 아르바이트를 하든 노숙을 하든 런던에서 한 달 있다 올 거예요."

그래서 영어도 제대로 못하는 내가 졸지에 영국 런던에 가는 걸로 정해졌다.

사실 영어 못하는 것쯤은 크게 걱정 안 한다. 영어 못하면 죽어야 되는 줄 아는 대한민국에서 중학교를 졸업하기까지 주워들은 단어가 몇 개냐. 어차피 아는 사람도 없는데 얼굴에 철판 깔고 단어만 막 던져도 뜻은 통할 테지. 전에 전철에서 외국인을 만났었는데 '콸화문. 어디. 나는, 콸화문.' 이러고 있는 걸 '콸화문 이즈 퍼플 라인. 디스 라인 이즈 그린.' 해 가면서 환승 정보까지 알려 준 적이 있었다. 멀쩡한 팔다리가 있고 유연하게 움직이는 얼굴 근육이 있는데 영어가 아니라 불어, 독어인들 문제가 될쏘냐.

그런데 돈은 문제다.

고등학교 들어가기 전에 큰 세상을 보고 오라고 아이를 한 달씩 해외여행 보낸다 하면 다들 우리 집이 엄청 부자인 줄 알겠지만, 앞에서 말했듯이 아빠는 솔직히 반백수고 엄마는 학교 선생일 뿐이다. 물론 언젠가 아빠가 천만 영화를 찍는 대박 감독이 될 수도 있고 (이건 그야말로 영화 같은 꿈이다.) 보다 확실한 엄마의 연금이 있긴 하다. 하지만 일단 지금 우리 집은 대출 이자와 마이너스 통장에 허덕이느라 가족끼리 여름휴가도 제대로 못 가 본 형편이다. 그런데도 성인이 되기 전에 처음이자 마지막으로 부모가 자식을 위해 선사하는 우리 집만의 스페셜 전통이 이것이니.

그러니 내가 통 크게 유럽엘 간다고 해서 돈도 통 크게 쓸 수는 없는 건데, 유럽이 중국보다 돈이 많이 드는 건 사실이라 여러 가지가 어려웠다. 런던에서 제법 떨어진 지방에 외삼촌이 살고 있긴 하다. 그러나 구경할 것도 없는 조용한 시골 동네 수준이라 하루쯤 찾아가 용돈 정도 받을 수 있을진 몰라도 한 달씩 머물 만한 상황은 아니다.

기말고사 따위 젖혀 두고 나는 우선 여행 카페에 가입하고 여행 블로그들을 찾아내 공책에 정리까지 해 가면서 시간 가는 줄 모르고 읽어 댔다. 한 군데에서 뭔가를 알게 되면 그것으로 끝나는 게 아니라 꼬리에 꼬리를 물고 다른 사이트로 뻗어 나가게 되어 공부할 것이 끝없이 이어졌다. 내 평생 이렇게 열심히 무언가를 탐구해 본 적이 없었는데 놀러 가기 위해서 폭풍 열공을 하다니 어이가 없으면서도 야릇한 보람이 느껴졌다.

그러다가 외삼촌이 알려 줘서 좋은 사이트를 하나 알게 됐다. 영국에서 유학하는 한인 학생들이 많이 사용하는 사이트라는데 거기에 아주 유용한 정보들이 있었다.

유학생들이 방학에 한국에 나와 있는 동안, 또는 영국에서 직장 생활하며 살던 중에 여행이나 출장을 가게 되는 경우 방은 비워 두면서 방값은 고스란히 내야 하는 문제가 생긴다. 이것을 해결하기 위해 조건에 맞춰 필요한 사람에게 방을 빌려주는 것이다. 이미 빌린 방을 다시 빌려준다 하여 그 이름, 서브렌트.

여행을 하는 동안 내 방이 있다면 밥을 해 먹을 수 있으니(=라면을 끓여 먹을 수 있으니. 햇반을 데워 라면에 말아 먹을 수 있으니. 전기밥솥으로 밥을 지어 삼분카레에 비벼 먹을 수 있으니. 그밖에도 수많은 경우의 수가. 하하하.) 돈을 한결 절약할 수 있다. 형은 중국에서 벌레가 나오는 6인실 호스텔을 돌아다니면서도 밥은 사 먹을 수밖에 없고 가끔씩 빨래방을 찾아가야 하고 아주 가끔씩은 시설이 괜찮은 호스텔에 묵기도 하느라 적지 않은 돈을 썼다. 그런데 나는 그 모든 것을 방 하나로 다 해결하는 거다.

방을 구하려고 알아보면서 느낀 점은, 서울 역시 그렇지만 런던도 교통 편리하고 깨끗한 중심가는 방값이 비싸고 5존, 6존 넘어갈수록 교통은 불편하고 치안도 불안한데 방값은 싸다는 거였다. 외국에서 치안이 좋지 않다 하는 게 어느 정도 수준인지 감이 잘 오지 않아 고민하고 있었는데 그건 아빠가 정리해 줬다.

"소매치기 수준이 아니야. 총 들고 덤빈다고. 3존 이상으론 가지 마."

힉, 총이라고요? 에이, 설마. 아이고야.

방은 '플랫'과 '스튜디오' 두 가지가 있었는데 플랫이라 하면 집 안에서 방 하나만을 빌리고 주방이나 욕실은 다른 방 사람과 공동으로 쓰는 형태이고, 스튜디오는 방의 개수나 시설 등은 천차만별이지만 플랫처럼 공유하는 부분이 없는, 우리로 치면 자취라 할 만한 주거 형태인 것 같았다. 당연히 스튜디오가 더 비싸고 그렇다면 난 당연히 플랫으로.

자, 이제 3존 안에서 더블 말고 싱글침대가 있는 플랫을 찾아보는 거다.

방을 내놓은 게시판에 보면 방에 대한 설명뿐 아니라 창밖 전망이나 주방, 욕실 등의 사진을 여러 각도에서 찍어 올리고, '집에 고양이가 있어요.', '선탠을 할 수 있는 정원이 있습니다.' 등의 얘기가 다양하게 적혀 있었다. 하지만 진짜 체크해야 하는 건, 수도, 전기, 가스 같은 세금이 렌트비에 포함되는지 아닌지, 주방을 사용하는 데에 시간제한이 있는지, 보증금이 필요한지 어떤지 같은 것들이라고 이미 배워 두었다.

마음에 드는 게시물 몇 개를 자세히 살펴보며 '세금 포함된 금액인가요?' 댓글을 달다가 얼른 'bill 포함인가요?'라고 고쳐 달았다. 뭐지, 이 뿌듯한 마음은? 흐흐.

두어 명 정도와 좀 더 자세한 문답을 주고받으며 얘기가 진전되기도 했지만 그쪽에서 갑자기 아무 설명 없이 '죄송합니다.' 하며 연락을 끊어 버려 상황 종료되기도 하고, 내가 어린 남학생이라는 걸 알게 되자 방을 더럽게 쓸 것 같아 싫다고 하는 대학생 누나도 있었다. 아니, 우리 집 청소를 다 하는 게 누군데 그러시나.

그러다 영국에서 대학을 나오고 런던 외곽의 병원에서 연구원으로 일한다는 예지 누나를 알게 됐다. 누나는 크리스마스 휴가를 이

용해서 친구와 프랑스로 여행을 간다고 했다. 내가 아직 고등학교 입학도 안 했는데 혼자서 아무 연고도 없는 런던으로 여행을 가는 거라고 하자 놀랍다고 칭찬을 해 주며 렌트비를 조금 깎아 주겠다고 했다.

― 멋져. 부모님도 아주 훌륭하시고.

― 감사합니다. 속사정은 그렇지도 않지만.

― 사람이 속사정까지 완벽할 수 있나.

쿨하고 멋진 누나였다. 여행을 같이 가는 친구는 남자친구일까?

"페북이나 인스타 찾아봐."

때마다 끼어드는 내 영혼의 친구 원호.

"sns 안 한대."

"남자가 있네, 그것도 흑형으로. 엄마한테 들킬까 봐 조심하는 거지."

평생 여친이 없었는데 이제는 아예 남자 학교에 다니게 된 원호가 뭘 안다고 떠들었다.

"그나저나 너도 조심해라. 괜히 취향 특이한 흑누나가 귀엽다고 덤빌라."

"내가 헤르미온느같이 생긴 여자애랑 사진 찍어서 보내 주마."

"퍽이나."

어쨌든, 그렇게 방을 구하는 큰일을 해결하고 나자 다른 준비들은 다 소소한 것들이었다.

런던 시내에는 엄청나게 많은 박물관과 미술관들이 있는데 그것들은 대부분 공짜다. 프리. 이름도 폼 나는 '국제학생증'이라는 것을 만들어 가면 공짜가 아니라 해도 엄청 할인을 받을 수 있다. 그러니 거기까지 가는 버스 번호나 전철역 이름만 알아 두면 되는데 그런 것들은 《런던의 모든 것》이라는 책 한 권에 다 나와 있다.

아침에 내(가 빌린) 방에서 편안히 일어나 팝송을 흥얼거리며 샤워를 하고 바나나 한 개와 우유 한 잔으로 여유롭게 아침을 먹고 샌드위치를 만들어 《런던의 모든 것》 책과 함께 가방에 담아 떠나기만 하면 된다. 하루 종일 어여쁜 금발 소녀들과 풋풋한 인연을 만들다가 집으로 돌아오는 길에 마켓에서 감자 몇 알과 양파 당근 등을 사 와서 카레를 만들어 먹고, 밤에는 영드를 보고 bbc 뉴스에서 내일의 날씨를 체크한 뒤 예지 누나의 향기가 배어 있는 침대에서 잠이 든다. 오, 판타스틱.

중3의 마지막 기간이라 아이들은 기말고사 신경 쓰랴, 특목고나 자사고 입시 면접 준비하랴, 그게 아니더라도 고등학교 선행학습을 하며 뭔가 다들 비슷한 길을 우르르 걸어가고 있었다. 그런 무리들 곁에서 나만 홀로 외로이 《런던의 모든 것》을 열독하며 런던에서 당일치기로 다녀올 수 있는 옥스퍼드, 캠브리지 등을 탐구하고 있으니 마음이 달콤하기도 하고 씁쓸하기도 한 게 85퍼센트 다크초콜릿을 왕창 씹어 먹는 것 같았다. 솔직히 말하면 씁쓸한 마음이 들 때가 훨씬 많았지만 그럴 때마다 '런던, 런던, 내가 런던에 간다!' 하면서 셀프로 달달한 기분을 주입시켰다.

어쨌든 두 발이 대한민국 땅 위에서 얼마쯤 둥둥 떠 있는 듯한 상태로 시간이 흘러흘러 나는 드디어 가족들의 격려와 친구들의 부러움을 등에 달고 런던행 비행기에 올라탔다. 아, 사실은, 런던행 비행기가 아니고 도쿄행 비행기였지만. 서울에서 런던으로 가는 노선 중 제일 싼 것을 고르다 보니 어쩔 수가 없었다. 내가 누군가. 비록 돈은 없지만 시간은 많은 대한민국의 스페셜 보이 최태서가 아닌가. 도쿄가 아니라 아프리카에 들렀다 간다 해도 싸게만 갈 수 있다면 나는 가겠네.

경유지인 도쿄에서 네 시간이나 뭉개고 있어야 했지만 공항 곳곳에서 일본어 자막을 깐 한국드라마를 틀어 주어 지겹지 않게 시간을 보내고 다시 비행기에 탔다.

비행기를 탄다는 것, 게다가 승무원 누나가 갖다 주는 기내식에 환상을 갖고 있었는데 그것들은 막상 경험을 해 보니 별거 아니었다. 다리를 이쪽으로 구겼다가 저쪽으로 구겼다가 하면서 열몇 시간을 보내는 건 솔직히 죽을 맛이었고. '나니까 이정도 하지 원호 그 자식 같은 하체비만이면 다리에 마비 오겠네.' 혼자서 비행기를 타고 가느라 그런지 원호 생각이 조금 났다. 대학 가면 같이 배낭여행 가자고 했는데. 둘이 가면 훨씬 재미있겠지.

영화 두 편을 연달아 보고 세 편째를 보려고 하자 관자놀이가 욱신거리며 절로 눈이 감겼다. 기절하듯 잠을 자고 일어나 속도 더부

룩한데 또 밥을 먹고 재미도 없지만 또 영화를 보고 있으니 드디어 런던 히드로공항이란다. 오예.

그런데, 비행기에서 내려 런던 땅을 밟은 나의 첫 느낌은 한마디로 멘붕.

영어로 떠드는 시끄러운 소리와 낯선 도시의 냄새 등으로 머리가 들썩들썩 어리둥절하고 어디 한 군데 의지할 곳이 없다는 느낌이 들었다. 피부색이 하얗고 꺼면 것까지는 받아들이겠는데 머리칼 색깔마저 노랑, 주황, 회색 등 가지각색인 것은 참으로 내 정신을 혼란스럽게 만들었다. 아이고, 산만해라. 일단은 내 집으로, 아니 내 방으로 가서 발 뻗고 조용히 앉아 있고 싶었다. 예지 누나가 알려 준 대로 핸드폰 유심칩을 장착해서 구글 지도에 접속하고 나자 마음이 조금 안정되긴 했지만.

엄청나게 더럽다는 것 빼고는 대강의 시스템을 이해할 만한 런던의 전철을 타고 나를 기다리고 있는 방을 향해 열심히 갔다. 그곳에 도착하기까지는 아직 런던에 제대로 도착한 게 아니라는 마음이 들 만큼 간절한 곳으로.

뚱뚱한 배낭에 짓눌려 구부정한 자세를 한 채 커다란 캐리어를 끌고 차가운 바람을 가르며 걸어가는 내 모습이 '도시에 온 시골쥐' 처럼 느껴져 어색하기도 했지만, 그래도 여긴 런던이니까, 내가 드디어 런던에 왔으니까 고개를 들고 하늘을 보자.

…하늘은 우중충하고 회색이고 별다른 게 없구나.

아무리 서울 하늘하고 별다른 게 없는 하늘이라 해도 이곳은 런던이다. 얼떨결에 큰소리친 대로 나는 런던에 왔고, 여기엔 내 방이 있고, 그리고 무엇보다도 옆방에는 알렉스가 있다. 황갈색 머리칼이 아름다운 알렉스. 나를 향해 레몬보다 상큼하게 웃어 주는 알렉스.

알렉스 얘기를 하기 전에 방 얘기를 먼저 해야겠다.

뚜렷한 이유도 없는 불안함이나 두려움을 억누르고 열심히 캐리어를 끌고 방에 들어와 침대 위에 털썩 앉으니 그제야 내가 얼마나 헉헉대고 있는지 알 수 있었다.

방은 사진으로 본 것보다 훨씬 좁았지만 침대와 책상, 옷장이 실용적으로 배치되어 있고 사이사이 스탠드나 벽거울 등이 예쁘고 깔끔해서 잡지에 나오는 방 같았다. 방 전체에서 좋은 냄새까지 은은하게 나는 게, 이야, 여자가 쓰는 방은 이렇구나 싶어서 기분이 좋았다. 메일에서 말한 대로 책상 위에는 쓸 만한 정보들을 메모해 둔 것과 어설프지만 귀엽게 동네 지도를 그려 설명까지 덧붙여 둔 종이도 있었다.

방에 잘 도착하여 대충 확인도 했으니 집에 전화부터 걸었다. 내가 입을 떼자마자 흥분한 듯 높은 톤으로 올라가는 아빠 목소리를 들으니 괜스레 마음이 울컥했다.

"태서야? 잘 도착했어? 방에 들어갔어? 괜찮아?"

"잘 왔지, 그럼. 지금 침대에 누워서 전화하는 거예요. 하하하."

"어이구, 잘했어. 장하다."

"장할 게 뭐 있어? 비행기 내려서 전철 타고 집에 온 건데."

"무슨 일 있으면 전화해. 밥도 잘 먹고."

"걱정하지 마삼. 나 없어서 아빠는 밥 어떡하나 그게 걱정이네. 하하하."

"그러게. 우리 작은아들이 완전 살림꾼인데."

예지 누나에게 보내야 하는 방값 잔금 얘기를 하다가 아빠는 나보고 돈 걱정하지 말라는 얘기도 해 줬다.

"돈도 돈이지만 니가 거기에서 지내는 시간은 다시는 살 수 없는 거잖아. 필요한 거 있으면 연락해. 알아볼 것들은 천천히 알아보고, 밥 잘 먹고 다니고. 오케이?"

"오케이."

전화를 끊고 나니 쪽팔리게도 눈물이 나올 것 같아 얼른 원호에게 카톡을 보냈다.

– 형님 런던에 도착하심. 수학이나 빡공하고 있어라. 형님은 인생 공부 좀 하다 갈 테니.

기다리고 있었던 듯 얼른 답을 주는 원호.

– 잘 도착했냐? 영어 안 돼서 바디랭귀지 열라 써야 될 테니 스트레칭 좀 많이 해 둬라.

– 내가 영국영어 스탈이었네. 발음이 귀에 쏙쏙 들어옴.

– 놀고 있네. 형님 선물 잊으면 죽음.

– 옆집 케이시랑 같이 가서 적당한 걸로 하나 사 주지.

- 옆집 케이시는 기저귀 차는 애기라는 거에 내 손목을 걸겠다.

헉, 귀신같은 새끼. 어떻게 알았지? 아까 열쇠 받으러 갔을 때 보니 케이시는 얼굴이 빵처럼 동그랗고 연한 갈색의 주근깨가 가득한 꼬마였다.

한숨을 돌리고 나서 이제는 집 전체를 둘러보려고 방 밖으로 나갔다.

이 집은 좁다란 2층짜리 주택인데 아래층에 방 하나와 주방, 거실이 있고 나무로 된 좁은 계단을 올라오면 방 두 개와 욕실이 있다. 나는 2층 제일 안쪽의 방을 쓰는 거다. 옆방에는 사람이 있는 것 같은데 문이 꼭 닫혀 있어 알 수가 없었고, 아래층 방에는 아무도 없는 것 같았다.

주방엔 냉장고가 두 개 있었다. 예지 누나 자리는 좀 더 큰 냉장고의 윗부분 두 칸이라 했는데 아무것도 없이 깨끗하게 비어 있었다. 아래쪽 두 칸은 몸매 관리하는 연예인이 쓰는지 비닐에 들어 있는 샐러리, 당근, 양배추 같은 것들과 요거트, 체리, 포도 등 과일이 우르르 놓여 있었다.

싱크대 서랍에 있는 조리도구 같은 건 모두 공동으로 쓰는 거고, 찬장은 냉장고처럼 각자의 자리가 정해져 있다. '예지'라는 이름표가 붙은 곳을 열어 보니 신라면과 태양초고추장, 양반김이 있었다.

거실은 달리 뭐라고 부를 만한 단어가 없어 거실이라 하는 건데 사실은 호텔로 치자면 로비 같은 곳이랄까, 이 집 전체의 안내 센터 같은 공간이다. 작은 테이블 위에는 우편물이나 잡지가 놓여 있었고 전기 드라이버, 망치 등이 들어 있는 커다란 상자와 우산꽂이가 어수선하게 놓여 있는 가운데 어울리지 않게 커다란 유화 액자도 하나 걸려 있었다.

집 안에 있는데도 신발을 신은 채로 걸어 다니니 어색하기도 하고 발이 답답했다. 신발을 벗고 양말만 신고 있으면 안 되는 걸까, 생각하면서 집 안을 둘러보고 있는데 2층에서 소리가 나더니 누군가 방문을 잠그고 쿵쿵쿵쿵 발소리를 내며 계단을 내려온다.

맨 처음 눈에 띈 건 와인색 가죽 바지를 입은 엄청나게 기다란 다리. 그다음엔 진하고 화려한 눈화장, 이어서 황갈색 머리칼이 어깨 위에서 구불구불 파도치며 빛나는 게 보였다. 검은 무스탕 재킷을 입고 그 위에 향수 냄새를 한 겹 더 휘감은 여자가 나를 향해 다가오고 있었다. 냉장고 아래 칸 연예인인가?

"하이."

"하이."

"새로운 플랫메이트구나?"

"맞아."

"반가워. 난 알렉스야."

"반가워. 난 태서야."

"탯, 써?"

"태서. 최. 태. 서."

눈은 파랗고 머리는 노랗고 무지개처럼 현란한 향수 냄새를 뿜어 대는 여자랑 영어로 대화를 하려니 여기 서 있는 몸이 내 몸이 아닌 것 같고 지금 움직이는 것도 내 입이 아닌 것 같았다. 나는 얼른 주머니를 뒤져 지갑에 꽂아 둔 국제학생증을 보여 줬다. Taeseo, Choi. 뽀샵 처리가 되어 사진이 아주 잘 나왔군.

"오, 타쎄오. 타쎄오 초이. 반가워."

알렉스가 줄리아 로버츠보다 시원하게 웃음 짓더니 내 어깨를 한 번 잡아 주고는 나중에 보자며 집을 나섰다. 이렇게 그녀와 처음 만났다. 그리고 오늘까지 사흘이 지나는 동안 나는 이제 알렉스의 플랫메이트 타쎄오로 새롭게 태어난 거다. 음하하하.

전에 한인유학생 사이트에서도 그랬고 예지 누나하고 메일을 주고받을 때에도 그랬는데, 플랫이라는 게 같은 집 안에서 각자 방만 따로 빌리고 다른 공간들은 공동으로 쓰는 거라 불편할 수도 있다고, 하지만 플랫메이트들이 워낙 서로 관심도 없고 지나가다 마주치면 인사나 할 뿐 상관하는 일이 없어 신경 쓸 필요가 없다고 했다. 나도 그렇게 생각하고 왔다. 그런데 이게 웬일. 알렉스가 나에게 보여 준 관심과 친절은 고마움을 넘어 놀라울 지경이다.

런던에 도착한 첫날 외출하는 알렉스와 잠깐 만나 이름만 익히고 헤어진 뒤 나는 지쳐서 쓰러져 자느라 그녀가 언제 들어왔는지, 아래층 사람은 어떻게 생긴 사람인지 알 겨를이 없었다. 다음 날 정오가 되도록 잠을 자고 느지막이 일어나니 그제야 내가 런던에 왔다는 게 실감이 났다.

우리 집도 아닌 곳에서 샤워를 하고 주방에 들어가 라면이라도 끓여 먹으려니 왠지 눈치가 보여 쭈뼛쭈뼛 바깥 분위기를 살펴봤는데 알렉스의 방도 그렇고 아래층 방도 문이 굳게 닫힌 채 아무 소리도 없었다. 시간이 늦었으니 모두들 어디론가 나갔겠지 싶어 그제야 마음을 놓고 이래저래 움직여 챙긴 다음 밖으로 나갔다.

전철역으로 가 우리의 교통카드 같은 오이스터카드까지 만들고 나니 진정한 런더너가 된 것 같아 자신감이 샘솟았다. 어제와 똑같이 흐린 하늘에 단순히 기온이 낮은 것만이 아니라 뭔가 몸 속 깊숙한 곳까지 찬바람이 스며드는 이상한 느낌의 추위였지만 하룻밤 사이에 내 기분은 반환점을 돌아 상승곡선을 타며 서서히 날아오르고 있었다.

좋아, 런던의 모든 것을 싹 다 훑어봐 주겠어.

그렇게 처음으로 가 본 곳은 내셔널갤러리 앞 트라팔가광장.

여행객과 지린내와 비둘기가 가득한 그곳에서 사진도 찍고 위풍당당하게 걸어 빅벤(우와, 빅벤!), 웨스트민스터대수도원(우와, 우와!), 템스강을 건너(이게 템스강이야? 한강에 비해 별것도 아닌데. 아하하하.) 런던아이가 빙글빙글 돌아가는 곳까지 갔다.

가을부터 최근까지 수많은 블로그며 여러 사이트들에서 공부를 많이 해서 나중엔 런던이 마치 잘 아는 이웃 동네처럼 느껴지기도 했었는데 막상 와서 직접 보니까 모든 것이 훨씬 더 크고 높고 웅장해 보였다. 입을 벌리고 감탄하는 표정을 짓고 있는 게 누가 봐도 여행객 같았는지 빨간색 2층짜리 런던 투어 버스에서 어떤 사람이 나를 향해 손을 흔들어 주었다. 현지인처럼 보이려고 《런던의 모든 것》 책도 꺼내지 않고 가방 안에서만 가끔씩 살펴보고 있었는데 이게 무슨 일이야.

그래도 자꾸만 입이 벌어지고, 대단한 것도 아닌 공중전화 박스며 길모퉁이의 소화전이며 개를 끌고 산책하는 사람까지 남몰래 자꾸만 사진을 찍어 대는 건 어쩔 수가 없었다. 갑자기 발이 삐끗- 하며 넘어질 뻔해서 정신을 차리지 않았으면 끝도 없이 계속 걸었을 것 같다.

오늘은 이쯤 하고 장이나 봐서 집에 가자. 마실 물도 사야 되고 식빵, 계란, 쌀은 일본쌀이 적당하다고 예지 누나가 그랬지. 당장 필요한 것들을 조금씩 샀는데도 배낭 한 가득이라 낑낑 짊어지고 가노라니 등짝에서 땀이 솟아났다. 사람이 먹고 산다는 게 장난이 아니구나. 떠나지 않은 자는 알 수 없는 삶의 무게여.

삶은 무겁기도 하지만 아름답기도 하여서 집에 도착하니 어제처럼 완벽하게 차린 알렉스가 주방에서 무얼 하고 있다가 나를 향해 햇살처럼 환하게 웃어 준다.

"하이, 타쎄오."

"하이, 알렉스."

"어딜 다녀오니?"

내가 하고 싶었던 말은 : "내가 런던에 온 이유인 내셔널갤러리에 다녀왔어. 나는 문화 예술을 사랑하거든."

그러나 내가 한 말은 : "트라팔가스퀘어."

심플하기도 하지. 영어를 못하니 졸지에 몹시도 과묵한 남자가 될 것 같다. 그래도 내 마음을 다 이해해 주고 눈을 크게 뜨며 밝은 표정을 짓는 알렉스.

"오, 트라팔가스퀘어. 내셔널갤러리도 봤어?"

(당근이지. 내가 갤러리와 뮤지엄 실컷 보려고 런던에 온 사람이야.) "응."

"먹을 것들을 사 왔구나. 어디에서 샀어? 가까이에 테스코가 있는데. 테스코는 괜찮은 마켓이야."

(나도 알아. 예지 누나가 알려 줬어.) "맞아. 거기 갔었어."

"잘했네. 어려운 게 있으면 나한테 물어봐. 내가 도와줄게."

(오, 정말 고마워.) "그래."

"넌 어디에서 왔니?"

(한국에서 왔어. 물론 남한이지. 하하하.) "한국."

"오, 한국? 나는 아시아를 좋아해. 아시아는 아름다운 곳이야."

(그렇게 말해 주니 기쁘네. 아시아에서 어디 가 본 곳 있어?) "맞아."

"난 조금 있다가 @#$%&에 갈 거야. 나는 @#$%& 야."

(이거 참, 내가 영국 영어에 익숙지 않아서 제대로 못 들었어. 미

안.) "다시 한 번만. 난 영어 실력이 좋지 않아."

"아니야. 너 영어 잘하는데?"

(고마워. 넌 참 친절하구나.) "…."

"일하러 갈 시간이라고."

(아, 그렇구나. 무슨 일을 하는데?) "오. 그래."

"수요일은 쉬는 날이야. 네가 원한다면 수요일에 집에서 가까운 @#$%& 히쓰에 데려가 줄게. 아주 아름다운 곳이야."

(히쓰라면 황야? 뭐, 뒷동산 같은 곳인가 보지? 나야 물론 좋지. 너와 함께라면 어디라도 아름다울 것 같아.) "오. 좋아. 고마워."

"좋아? 그럼 내일모레 수요일에 같이 @#$%& 히쓰에 가자."

(기대되는걸.) "그래."

그렇게 바보천치 같은 대화를 나눈 게 월요일 오후.

그리고 어제 화요일엔 세인트폴대성당에 갔다.

'짱이다'라거나 '대박'이라는 단어로 표현하는 게 좀 부끄러워질 만큼 정말 멋진 곳이었다. 돔 꼭대기까지 올라가면 런던 시내를 360도 둘러볼 수 있다 해서 엄청난 계단을 걸어 올라갔다 내려오기도 했다. 한눈에 돌아본 런던 풍경은 앞으로의 날들이 더욱 기대되는 멋진 그림이었지만 계단이 하도 살벌해서 다리도 무지 아팠다.

그러고 보니 우리나라에서 내가 가 봤던 멋진 곳들은 편리함도 함께 갖추고 있었다. 하지만 런던의 유명한 대성당에 엘리베이터를 설치할 순 없을 테니 모두들 힘들고 불편함을 감수하며 멋짐을 누리고 감상한다.

후들거리는 다리를 끌고 집으로 돌아오며 뭔가 좀 깊이 있는 생각들을 하고 있었는데 여신 같은 모습으로 외출하는 알렉스를 현관 앞에서 만나 모든 것을 잊어버렸다.

그러고 보면 알렉스는 오후 대여섯 시쯤 나가서 한밤중이나 새벽녘에 돌아오는 것 같았다. 어제는 시간이 없었는지 바쁘게 지나치며 별다른 대화는 없었다. 대신 나를 향해 한쪽 눈을 찡긋- 하며 윙크를 하는데, 오 마이 갓, 그 모습이 어찌나 자연스럽고 깜찍한지 혼자 저녁밥을 먹으면서도, 세수를 하다가도, 침대에 누워서도 문득 심장이 찡긋찡긋 쫄깃쫄깃 급하게 움직였다.

여자가 남자에게 윙크를 한다는 건 무슨 의미일까? 나를 좋아하는 게 아닐까? 뭐, 꼭 남자로서 나를 좋아한다거나 사귀고 싶은 건 아니더라도 호감이 있는 것만은 분명하잖아. 아, 중학교 때 여자애들을 더 많이 사귀어 보고 뽀뽀도 해 봤어야 하는 건데. 그래도 형이나 원호보다는 내가 여자에 대해 훨씬 많이 아는 편이지. 근데 서양 여자들은 남녀관계에서도 무지 솔직하고 적극적이라던데, 그렇담 나는 어떻게 해야 하지? 아, 근데 알렉스는 나이가 몇이지? 나이는 숫자에 불과할 뿐이지만. 내가 알렉스보다 키가 훨씬 작을 것 같은데 외국 여자들은 그런 거 신경 안 쓰나? 알렉스랑 사귀려면 내가 런던으로 오는 게 나을 것 같은데 어떡해야 되지? 역시 나는 큰물에서 놀아야 되나 보다. 스무 살은 넘어서 결혼하려 했는데,

뭐, 알렉스가 급하다면 좀 일찍 할 수도 있지. 크크.

주방 식탁에 앉아 온갖 공상을 하며 알렉스를 기다리는데 그때 내 눈앞에 나타난 넌, 누구? 알렉스를 닮은 어떤 남자?!

"하이, 타쎄오."

"어, 하이, 어…."

"하하, 무슨 일 있어?"

"어, 너는, 너는…."

"오, 너 진짜 알렉스를 처음 보는구나. 이게 나야."

키가 크고 몸매가 늘씬하고, 얼굴은 조그마한데 눈은 커다랗고 속눈썹이 볼에 그림자를 드리울 정도로 빽빽한 게 참 예쁜, 구불거리는 황갈색 머리를 하나로 질끈 묶고 역시나 황갈색 수염이 듬성듬성한, 남자 알렉스!

"너는, 남자?"

"이런, 아름다운 알렉스가 완벽했군."

"?"

"내가 @#$%& 에서 #@$% 하는 #$%*@ 라고 했잖아."

"으응?"

"나는 배우라고. 연극. 예술가."

"아하. 그렇군. 좋아." (이런 젠장. 이런 미친!)

"요즘 #$%&@* 라는 작품을 하고 있거든. 연극 좋아하면 보러 와."

"그래."(별로 그러고 싶지 않아.)

"네가 날 보러 와 주면 기쁠 것 같아."

"어, 그런데, 혹시 그 연극, 에로틱한?"

"무슨 뜻이지?"

(그러니까 내가 아직 미성년자라서 말이야. 문득 생각해 보니 야한 내용이 많을 것 같아서. 물론 난 그런 걸 좋아하지만, 네가 여자 분장을 하고 있던 걸 생각하니 어쩐지 좀 두려워지는걸.)"어, 글쎄, 나는, 소년이야."

"네가 아직 소년이라고? 너 몇 살인데?"

"열여섯."(한국 나이론 열일곱이야. 물론 정신연령은 스물이 훨씬 넘었지만.)

"오 마이 갓. 미안해, 정말 미안해. 나는 네가 스물세 살은 된 줄 알았어."

그러고 나서 이어진 알렉스의 말은, 그녀가, 아니, 그놈이 미친 듯이 말을 빨리 해서 제대로 알아듣지 못했지만, 대강의 뜻은 다음과 같았다(고 생각한다).

그러니까 그놈은 내가 스물은 훌쩍 넘은 줄 알았고, 허 참, 내가 어디를 봐서! 그리고 나처럼 조용하고 수줍음 많은 동양 남자를 좋아한다고. 헐. 그래, 영어 좀 못한다고 부끄러워했던 내가 잘못이지, 내가 못난 놈이다 그래! 그래서 오늘도 데이트 신청한 건데 정말정말 미안하고, 자기가 하는 연극은 절대로 보러 와선 안 된다고 했다.

오 마이 갓. 엄마야. 세상에나.

하고 싶은 말은 너무나 많았지만 한국말로 하려 해도 기가 막혀서 말이 잘 안 나올 지경인데 영어로 하려니 코까지 막혀서 더욱 말이 안 나왔다. 나는 그저 바보스러운 표정으로 연신 웃으면서 알았다고, 이해한다고, 괜찮다고 했다. 그리고 오늘 컨디션이 좀 좋지 않아 피크닉은 취소했으면 좋겠다고 했더니 알렉스도 이해한다고, 괜찮다고 하며 자기 방으로 돌아갔다.

주방 식탁에 멍하니 앉아 한 번도 열린 적 없는 1층 방문을 바라보고 있으려니 저 방에는 또 얼마나 놀라운 플랫메이트가 있을지 궁금해졌다. 아무리 예쁘고 섹시한 플랫메이트가 윙크가 아니라 손키스를 날린다 해도 내가 이제 눈 하나 꿈쩍하나 봐라. 런던에 온 지 사흘 만에 이런 경험을 하다니, 참으로 떠나 보지 않은 자는 결코 알 수 없는 세상의 뒷골목이여.

문득 내 친구 원호의 넙대대한 얼굴, 여드름을 가리겠다고 앞머리를 죄 쓸어내려 한층 더 답답해 보이는 못생긴 그 얼굴이 참으로 보고 싶었다. 평온한 얼굴로 '공부가 제일 쉬웠어요.'라고 말하는 듯한 미소를 띠고 수학문제를 푸는 형도 보고 싶고, 언제나 뭔가가 부족해서 묘한 맛이 나지만 열심과 창의력만큼은 인정해 줄 만한 엄마표 집 밥도 그리웠다. 그리고 아빠. 아빠한테 알렉스 얘기를 하며 같이 웃어 대는 상상을 하니 왠지 눈물이 날 것만 같다.

아, 내가 원래 여행 안 좋아한다 했잖아. 여행 따위 필요 없고 그냥 집에서 공부나 하고 있을걸. 당연하고 평범한 일상의 소중함을 다시 한 번 깨닫게 되다니 참으로 여행은 인생 공부로구나. 쿨럭.

✈ 명랑한 런던 여행을 위한 팁 by 태서

요즘은 전 세계적으로 기상이변이 많아 단정 지어 말할 순 없지만, 런던은 대체로 봄, 여름, 가을에는 '우중충'한 날이 많고 겨울에는 '미치도록 우중충'한 날이 많은 것 같네요. 때문에 하늘이 맑고 환한 경우가 드물어 겨울이라도 화창한 날이면 최대한 바깥으로 뛰쳐나와 피부를 노출시켜 일광욕을 해 줘야 합니다. 며칠 전엔 집 앞 손바닥만 한 잔디밭에서 수영복 팬티만 입고 드러누워 햇볕을 쬐는 마피아 보스 같은 아저씨를 본 적도 있어요.

햇살에는 천연 비타민 D가 많아 건강에도 좋고 우울증 치료에도 도움이 됩니다. 제가 우울증에 대해 좀 아는 게 많거든요. 그런데 다시 말해, 화창한 날이 드문 런던에서는 우울증에 걸릴 위험이 많다는 얘기도 되지요. 이 책에 나오는 사람들이 다들 조금씩 성격이 괴상한 것은 소설의 배경이 된 장소가 런던이라서 그런 게 아닐까 생각이 듭니다만.

앗. 그런데 다시 생각해 보니, 등장인물 중 가장 심하고 확실하게 우울증에 걸려 있는 사람은 런던이 아니라 한국에 살고 있는 인물이었군요?

음. 사실 우울증에 걸리는 것은 감정을 조절하는 뇌의 한 부분에 탈이 나서 그런 것이지 날씨나 특정 사건 따위로 인함이 아니라네요. 그러니까, 비가 와서 우울하다, 너 때문에 우울하다… 이런 말은 다 개뻥이라는 거죠. 하하.

우울증에 걸리면 감기에 걸렸을 때처럼 약을 먹는 게 가장 적절한 해결방법이라고 정신과 선생님이 말씀하셨습니다. 저는 우울증을 싫어하기 때문에 미리미리 햇빛을 많이 쬐어 두기 위해 항상 바깥 어딘가를 싸돌아다닙니다만. 하하.

어쨌든 오늘의 결론. 런던 여행 중 맑은 날이면 실내보다는 바깥(갤러리보다는 공원)으로 가세요.

2

My name is mia

　한국에서 태어난 코리안이지만 한국말은 (알아듣는 건 되지만)
몇 개의 욕과 간단한 말을 빼고는 거의 할 줄 모른다는 것. 한국에
대해 아는 것도 없고 케이팝에도 관심 없다는 것. 게다가 지금 내
여권 같은 게 어디 있는지 모르니 (그런 게 있다면 말이다.) 비행기
표를 사서 한국에 가려 해도 갈 수 없다는 것. 물론 그럴 돈도 없
고 그리고 싶은 마음도 없지만! 그런 내가 아직 틴에이저라는 신분
으로 이곳 런던의 플랫에서 혼자 살고 있다는 것.

　…그게 뭐가 어떻다는 거야. 사람 살아가는 모습들은 모두가 다
른 거 아닌가. 사람이 혼자 사는 게 불법도 아니고, 외모로만 보면
내가 그리 어려 보이지도 않으니 경찰이나 누구에게 딱 걸리지만

않으면 나에게 뭐라 할 사람도 없을 거다. 만에 하나 무슨 일이 생겨도 내 인생에 대해 누가 뭐라 할 수도 없으며 나 역시 일일이 남에게 설명하거나 이해시킬 필요는 없는 거 아닌가.

라고 나는 생각을 정리하기로 했다.

그래도 엄마가 혼자 한국으로 날라 버리고 (지금 이 상황에서 어떤 다른 단어를 쓸 수 있을까. 떠나가시고? 흥, 웃기시네.) 며칠 만에 이모가 찾아와 내 물건들을 캐리어에 쑤셔 넣을 때는 설마 이모 집으로 데리고 갈 줄 알았다.

"정말, 니네 엄마라는 여자는… 정말, 엄마도 아니야. 어떻게 사람이…"

이모가 엄마 욕을 하면 나도 같이 욕을 하며 맞장구쳐 줄 준비가 얼마든지 되어 있었다. 하지만 이모는 확실히 엄마하곤 클래스가 다른 여성이라서 그런지 더 이상 심한 말을 하지 않고 입을 다물었다.

엄마가 상식적인 보통의 엄마가 아니라는 건 진작부터 알고 있었기에 그다지 대꾸할 말이 없었다. 내가 좋아하는 한국말로 된 욕 '개새끼'를 외쳐 줄까 하다가 (개새끼는 영어로 퍼피, 강아지라는 말이다. 강아지는 너무나 귀엽고 예쁜 생명체인데 한국말로는 그게 나쁜 욕이라니 재미있다.) 이모가 강아지를 키우고 있는 게 생각나서 가만히 있었다.

나는 사실 그때 다른 데에 신경을 쓰고 있었다.

엄마랑 둘이 살아온 지금 이 스튜디오는 말이 좋아 스튜디오지 거의 창고 같은 곳이다. 집주인의 아들이 고등학교 밴드에서 드럼을 쳤는데 연습실 겸 친구들과의 아지트로 사용했던 공간이라고 했다. 아들이 스코틀랜드에 있는 대학에 들어간 뒤로 아주 약간 보수를 해서 스튜디오로 내놓았다.

여름에는 견딜 만하게 축축하고 서늘했는데 겨울이 되니 창틀에 서리가 끼고 말할 때 입김이 나올 만큼 추워서 파충류가 아니라면 살 수가 없을 지경이었다. 집주인인 뚱뚱한 백인 부부가 멀지 않은 곳에 그림처럼 예쁜 정원을 꾸며 놓고 살고 있었는데 오다가다 만날 때도 많았다. 하지만 엄마는 자기가 말싸움을 하기에는 영어가 서툴다며 등 뒤에서 한국말로 된 갖은 욕과 저주만 날려 줄 뿐 대놓고는 찍- 소리도 안 했다.

한 번은 나보고 주인을 찾아가 집이 너무 춥다고, 렌트비를 좀 깎아 달라며 협상을 해 보라고 했다.

"그런 건 어른이 가서 해야 되는 일 아니야?"

"니가 나보다 영어 잘하잖아."

"이건 영어를 잘하냐 못하냐의 문제가 아니거든. 사회생활이 어려운 장애인 엄마를 모시고 사는 불쌍한 소녀인 줄 알고 깎아 줄 수는 있겠네."

엄마는 나를 향해 '못된 년'이라고 쫑알거리며 험악하게 노려보다가 더 이상 아무 말 안 했다. 엄마는 영어를 잘 못하고 나는 한국말을 잘 못해서 종종 우리는 (다 알아들으면서도) 못 알아듣는 척하며 대화를 끝낸다. 어쩌라고. 나도 집에 불만이 많긴 하지만 이만한 렌트비로 이보다 더 좋은 창고를 구하기는 어렵지 않겠어?

아무튼 크리스마스 장식 대신 유리창과 벽면에 허옇게 서리가 긴 우리 창고, 아니 스튜디오에 런던 시내의 커다란 회사에서 정규직 디자이너로 일하고 있으며 스페인 남자와 없는 게 없는 고급 스튜디오에서 살고 있는 이모가 들어와 있는 거다.

이모는 보들보들하고 무게도 거의 안 나갈 것처럼 보이는 코트를 걸치고 폭이 좁은 스커트에 스타킹을 신고 선이 날렵한 구두를 신고 있었다. 보풀이 엄청 일어났지만 두툼하고 푹신한 내 솜바지를 내려다보고 있노라니 이모의 크림색 코트가 너무 얇지 않을까, 이모가 몹시 춥지 않을까 걱정이 됐다.

남아 있던 음식들도 자꾸 신경이 쓰였다. 엄마가 식탁 위에 던져 두고 간 쪽지에 이모에게 연락해 두겠다고 적혀 있긴 했지만 누가 언제 나를 찾아올지 기약이 없는 상황에서 라면이나 시리얼, 식빵, 깡통음식 등을 아껴 먹어야 할 것 같아 사실 많이 힘들었다. 기껏 고생해서 남겨 둔 음식들을 이모가 하찮게 여기며 버려 두고 갈 것 같아 좀 속상했다. 이럴 줄 알았으면 '다 먹어치운 다음 죽어 버리겠다.'는 각오로 맘껏 먹어 버릴걸. 지금이라도 조금 집어먹을까. 챙길 만한 건 이모가 안 볼 때 내 룩쌕에 처넣어야겠다.

그런 생각들을 하며 이모가 거칠게 짐을 챙기는 모습을 보고 있었다.

"집 옮기면 너 학교 너무 멀어서 어떡하니? 일 년 정도만 더 다니면 되는데 전학을 해야 하나?"

아, 학교. 사실 학교야 그냥 안 가 버리면 그만이지만, 어쩌다 보니 내가 어울리지도 않게 학교에 대해서만큼은 일을 완벽하게 준비해 두었다.

그러니까 나는 런던에서 한 시간쯤 떨어진 이곳 '써레이'라는, 쓰레기 같은 동네에 살고 있었는데, 아, 오해 말기를. 쓰레기란 '형편 없는 것'이라는 뜻도 있지만 '헛소리'라는 뜻도 갖고 있으니. 영어에서는 두 번째, 세 번째 의미를 잘 생각해 볼 필요가 있다. 한국말은 그렇지 않나? 예를 들어 '우리 엄마'라는 단어는 : 낳아 준 사람, 두 번째로는 버리고 간 사람? 우왁, 짜증나네.

애니웨이, 말도 안 되는 헛소리가 가득한 써레이에서도 멀리 좋은 동네의 사립학교에 다니는 애들이 많이 있었고 (그 애들 부모의 소원은 자기 자식이 써레이 같은 동네를 영원히 탈출하는 것이려나.) 이제 남은 애들은 동네에 있는 진짜 쓰레기 같은 공립학교에 다녔는데 나는 그나마 운동장이라고 할 만한 공간도 없는 공립학교에 다니고 있었다.

그런데 10학년에 올라가면서 이게 웬일인지 너무너무 좋은 선생님을 만난 거다.

인도 여자인 애니 선생님은 학교에서도 공부 못하는 애들, 툭하면 결석하거나 학교 행사에도 제대로 참여하지 않고 겉도는 애들한테 특히 관심을 많이 기울여 주었다. 엄마에게 몇 번 상담하러 오시라고 편지도 보내고 연락했으나 '영양가도 없는 상담하느라 페이가 줄어들면 학교에서 그만큼 계산해 줄 건지? 미아가 나보다 똑똑하고 영어도 잘하니까 그 아이하고 직접 얘기하시라.' 하며 코빼기도 내비치지 않는 것을 보고 엄마가 어떤 사람인지 알아챈 것 같았다. 그 뒤로 나를 위해 진짜 작은 거 하나라도 도와주려고 열성이었다. 정말이지 애니 선생님을 만난 건 내 인생에서 흔치 않은 행운이었다.

"미아. 난 네가 스마트한 아이라고 생각하고 네가 열심히 하기만 한다면 공부를 꽤 잘할 거라고 생각해. 그렇지만 네가 반드시 공부를 해서 대학에 가야 한다고 생각하지는 않아. 헤어 디자이너나 플로리스트, 셰프 같은 직업은 쉽지는 않지만 실력이 쌓이면 꽤 잘살 수도 있어. 내가 보기에 넌 일찌감치 기술을 배워서 독립을 준비하는 게 좋을 것 같은데. 안 그래?"

옳으신 말씀.

덕분에 나는 11학년이 시작된 지난 9월부터는 학교에 가지 않고 학교와 연결된 위탁교육기관에 다니며 미용 기술을 배우게 되었다. 공립학교 등록금으로 대체하는 것이라 돈 한 푼 안 내고, 오히려 교통비와 점심값까지 받아 가며 말이다.

헤어 일이라는 게 하루 종일 서서 하는 거라서 힘들기도 하지만

12학년을 마칠 때까지 모든 과정을 수료하고 실습도 다니면서 열심히만 한다면 졸업하는 즉시 취직을 할 수도 있을 것 같다. 그렇게만 되면 어떻게든 엄마한테서 독립해 제대로 살아 보겠다는 꿈을 꾸고 있었는데, 이렇게 엄마가 먼저 내 뒤통수를 때리고 토껴 버릴 줄은 몰랐네.

"그럼 네 엄마는 너 헤어 배우는 거 믿고 이렇게 가 버린 거야? 취직해서 돈 벌어 살라고?"

"엄마는 나 헤어 하는 거 모르는데?"

"몰라?"

"내가 말 안 했어."

"왜?"

"그냥."

얼마 되지도 않지만 교통비와 점심값 받는 것을 숨기려고 말 안 했다. 이모에게도 그건 말 안 할 거다. 아니, 이모 하는 거 봐서 말할지 안 할지 결정하려고 했는데, 나를 이렇게 코딱지만 한 플랫 방 하나에 던져 놓고 가 버리다니 말 안 하기를 잘했지.

그래도 솔직히 이만큼 깨끗하고 멀쩡한 방이면 엄마랑 살던 창고에 비해 나한테는 호텔방이나 마찬가지다. 사실 내가 나중에 괜찮은 헤어숍에 취직을 해도 이 정도 되는 방 렌트비 내기는 쉽지 않을 거다. 게다가 여긴 런던이 아닌가. 런던 물가는 써레이 같은 동네하곤 비교도 안 될 텐데, 그걸 이모가 다 내주는데 내가 지금 이모를 원망할 수는 없다.

"파비오 알지? 나랑 같이 사는. 지금 사는 집의 렌트비를 파비오가 다 내고 있는데, 그 사람은 내가 너 갑자기 데리고 들어오는 거이해 못 할 거야. 네가 아무리 어리고 내 조카라 해도."

나는 당연하다는 듯 고개를 크게 끄덕거렸다.

"일단 니 엄마하고 연락이 돼야 무슨 얘기를 해 보든지 할 텐데 왜 전화를 안 받는 거니? 니 전화도 안 받는다는 거 정말이야?"

이모가 나를 엄마랑 짜고 사기 치는 파트너 보듯이 살펴보는 게 기분 나빴지만 내가 할 수 있는 건 최대한 불쌍한 표정으로 힘없이 눈을 끔뻑거리는 것뿐이었다.

이모는 당분간 생활비라며 제법 많은 돈을 주고는 가 버렸다. '당분간'이라는 게 얼마나 오랫동안인지 알 수가 없어 나는 다시 한번 갈등에 빠졌다. 시원하게 다 써 버리고 깔끔하게 죽겠다는 마음을 먹어야 할지, 최대한 아끼고 또 아끼면서 좀비처럼 살아야 하는지. 아, 더러운 인생.

나는 낯선 방 낯선 침대에 멍 하니 앉아 벽을 보고 있다가 벌떡일어났다. 기죽어서 찌그러져 있지 말자. 긍정적으로 생각해. 난 이제 겨우 열일곱 살인데 이렇게나 멀쩡한 나만의 방이 있고 일단은 돈도 넉넉하잖아. 괜찮아.

우선 집이 전체적으로 어떻게 생겼는지, 어디에 뭐가 있는지 알아보려고 방 밖으로 나갔다. 이 집은 전적으로 이모가 알아보고 이모

마음대로 결정한 집이다. 하긴 내가 뭘 결정하고 말고 할 주제가 되나. 플랫이 혼자 살기에 싸고 편리하다고 해서 이다음에 플랫에서 사는 걸 꿈꿔 보기도 했는데 너무 빠르게 꿈이 이루어졌다. 좋다고 해야 할지, 씁쓸하다 해야 할지.

자그마하지만 있을 거 다 있고, 춥지도, 어둡지도 않은 좋은 집이다. 1층엔 내가 쓰는 방 하나와 공동으로 쓰는 주방, 거실이라 할 만한 조그만 공간이 있고, 2층에 방이 두 개 더 있었다. 욕실이 2층에만 있는 게 나로서는 좀 불편한 점이지만 따뜻한 물도 잘 나오고 나쁘지 않았다.

전에 엄마랑 살았던 또 다른 스튜디오(=창고)에서는 싯누런 녹물이 계속 나와서 거기 사는 동안 머릿결이 엉망이 되고 마실 물은 학교에 가서 해결해야만 했었다. 학교에서 돌아올 때마다 물통에 물을 받아 와야 했는데, 엄마는 자기가 퇴근하면서 물을 받아올 수도 있는 걸 늘 빼먹고 와서는 내가 어쩌다 빼먹은 날엔 물이 없다고 타박을 했었지. 햇빛이 조금도 들어오지 않는 지하1층 방에서도 살았었다. 유리창이 천정 쪽에나 조그맣게 붙어 있어 한낮에도 어둑어둑하고 밤이면 길고양이가 눈을 빛내며 들여다보던 그 방을 떠올리자 갑자기 이런 생각이 들었다. 관점을 달리 해서 바라보면 상황들이 점점 더 좋아지고 있다고 할 수도 있겠는걸!

엄마한테 버림받았다거나, 어리다면 어린 나이에 낯선 방에서 혼자 자고 혼자 살아야 한다는 것. 이런 일들이 곱게 자란 어떤 아이에게는 엄청난 충격일 수도 있겠지만 평생 꾸준히 내공을 쌓아 온 나로서는 감당할 만한 것이다. 괜찮아. 난 헤쳐 나갈 수 있어.

스스로 머리라도 쓰다듬어 주고 싶을 만큼 혼자 격려하고 있는데 갑자기 현관문이 열리더니 어떤 아가씨가 들어왔다.

"하이."

한국 사람이다.

"하이."

"1층 방에 들어온 친구?"

"맞아요."

미국식 영어를 쓴다. 유학생인가 보다.

"반가워. 난 2층에 사는 예지라고 해."

"난 미아예요."

"한국 사람?"

"네. 하지만 한국말 못 해요."

"오케이. 그래도 한국인이라니 어쩐지 반갑네. 하하."

난 한국인에게 특별한 호감 따위 없지만 같이 웃어 주었다.

"여학생이라서 또 반갑고. 같은 집에 살기엔 여자끼리가 더 편하지."

엄마가 데리고 왔던 남자들을 생각해 보니 그런 것 같기도.

여성우월주의자인지 남성혐오자인지 알쏭달쏭한 예지는 자기 방으로 올라가고, 나는 플랫에서의 첫 번째 만찬을 기념하기 위해 라면에 달걀을 풀어 끓여 먹었다.

　다음 날 아침에 일어나 주방으로 나가 보니 키가 큰 금발의 남자가 샐러리 한 줄기를 잘라 먹으며 커피를 끓이고 있었다. 다리가 길고 몸매가 여자보다 예쁘고 향수로 목욕을 한 것 같은 사람이다.

　"하이, 예쁜이. 누군지 맞혀 볼까? 1층 방에 새로 온 친구지?"

　게이다.

　"하이. 반가워요."

　"오. 너 머리 색깔 환상적으로 예쁘다."

　그냥 인사치레로 하는 말이 아니라 정말로 반한 듯이 내 머리칼 몇 가닥을 살짝 잡아 보며 말한다.

　헤어 학원에서 쓰고 남은 약품들을 버리려고 하기에 몇 개 주워와 이리저리 섞어서 내 머리를 염색해 봤는데 분홍색도 아니고 보라색도 아닌 애매한 색이 되었다. 어제 이모가 보더니 질색을 했었는데.

　"고마워요. 난 미아예요."

　"난 알렉스야. 이 머리 어느 숍에서 한 거야?"

　"제가 집에서 혼자 한 건데요."

　"니가 스스로 했다고? 오, 대단하다. 언제 나도 부탁해도 될까?"

　"연습 삼아 해 본 건데, 괜찮다면 해 줄 수는 있어요."

　"오, 고마워. 신난다. 그런데 너, 꽤 어려 보이는데 혼자 사는 거야? 어머, 미안해. 내가 예의가 없었지? 내가 원래 생각나는 대로 그냥 다 말하는 버릇이 있어. 호호."

"괜찮아요."

"그래. 난 친구 사귀는 거 좋아하고, 친구 도와주는 것도 좋아해. 어려운 일 있으면 말해. 내가 도울 수 있는 거라면 뭐든 도와줄게."

"고마워요, 알렉스."

"고맙긴."

알렉스는 윙크를 하며 사라지고, 나는 친절한 새 친구의 우유를 꺼내 조금 마셨다.

어제 자면서 생각해 봤는데, 이따 수업이 끝나면 엄마가 일했던 식당에 가 봐야겠다. 코리아타운이 있는 뉴몰든의 한 식당인데 전에 엄마랑 한 번 가 본 적도 있고, 엄마가 매니저 아줌마랑 시스터라 부르면서 친하게 지낸다는 얘기를 들은 기억도 있다. 어디든 가서 누구하고든 부딪혀 보면 뭔가 길이 열릴 수도 있겠지.

가게 이름은 '코리안 레스토랑, 강남'이다. 내가 아는 유일한 케이팝 '강남스타일'에 나오는 그 '강남'이다. 전에 엄마랑 갔을 때에는 엄마가 순두부찌개를 사 줬다. 좀 매웠지만 맛있는 음식이었다.

우리는 집에서 밥을 제대로 해 먹는 적이 거의 없고 주로 샌드위치나 라면, 렌지에 데우기만 하면 되는 간단한 것들을 먹고 살았다. 엄마는 일하러 가면 밥을 잘 먹기 때문에 굳이 집에서 열심히 밥을 해 먹을 필요가 없다고 했다. 나는 식탐이 있는 편도 아니고 엄마가 만들어 주는 한국식과 영국식이 짬뽕이 된 음식들은 입맛에 맞지 않아 간단히 사 먹을 수 있는 것들이 더 나았다. 그래도 '강남'에 들어서자마자 코에 훅- 들어오는 한국 음식 냄새들은 맛있게 느껴졌다.

저녁식사 시간이 좀 남아서 그런가 식당은 한가했다. 나는 카운터에서 '김경숙 씨 딸인데 엄마를 잘 아는 사람이 있다면 잠깐 얘기하고 싶어서 찾아왔다.'고 했다. 혹시나 싶어서 엄마의 영어 이름 '휘트니'도 덧붙이려고 했는데 그럴 필요 없을 것 같았다. '김경숙'이라는 이름을 말하는 순간 카운터에 있던 젊은 아가씨 표정이 이상하게 변하더니 아무 말 안 하고 안으로 들어갔다.

잠시 후, 본 적 있는 것 같은 아줌마 하나가 총총총 뛰어나와서 나에게 손짓을 하며 앞치마를 두른 차림 그대로 식당 밖으로 나갔다. 우르르 모여 서서 나를 바라보고 있는 서너 명의 사람들에게 꾸벅 인사를 하고 밖으로 따라 나갔다.

"경숙이 딸이야?"

"네."

"한국말 하지?"

"알아듣기만 합니다."

"오케이. 나는 미향이 이모야. 엄마하고 친했어, 내가."

"네."

미향이라는 아줌마는 엄마보다 서너 살은 많아 보였고, 영어를 엄마보단 잘했지만 발음이 좀 이상했다. 그래도 따뜻한 느낌이 드는 눈빛으로 나를 바라보며 한국말과 영어를 섞어 뭔가 열심히 말해 주려고 노력하는 것 같았다.

"엄마가 정말 말도 안 하고 한국 가 버렸어?"

"쪽지를 남기고 갔어요."

"아유, 혹시나 싶어서 내가 그러면 안 된다고 말도 했었는데, 끝내. 미친년."

아줌마가 발음과 강세를 '미-췬년'이라고 독특하게 해서 웃음이 나올 뻔했지만 못 알아들은 것처럼 가만히 있었다.

"이모가 있다며? 이모가 너 맡아 줄 거라고 엄마가 그러던데."

"맡아 주는 건 아니고 플랫을 구해 줬어요."

"플랫을 구해 줘? 혼자 살라고?"

"…네."

"아유, 세상에. 딸내미를 혼자 버려두고 지는 남자랑 한국에 가?"

"엄마가 남자랑 한국 갔어요?"

"아이고, 몰랐구나. 우리도 몰랐다가 아주 이 동네가 난리가 났어. 엄마 저기 '금수강산'에서 일하던 허 씨랑 같이 갔어. 허 씨 동생이 서울 이태원에서 햄버거집을 하는데 그게 대박이 났나 봐. 엄마랑 허 씨가 영국식 브런치 메뉴를 추가하면서 동업하기로 했다나."

"아, 네."

"허 씨가 금수강산에서 거의 메인 셰프였거든. 금요일에 주급 정리하고는 그만둔다 말하고 바로 다음 주부터 안 나와서 금수강산 사장이 난리를 쳤지. 알고 보니까 니 엄마랑 같이 사라진 거야, 글쎄."

"네에."

"니 엄마가 아주 대단한 여자야. 자기 비자 문제 곤란해졌다고 멀쩡히 일 잘하고 있는 총각을 데리고 한국으로 슝- 날랐잖아."

엄마의 비자 문제는 무슨 얘기인지 모르겠지만 지금 그런 걸 캐물을 수도 없고, 내가 할 수 있는 말은 그저 '네에에.' 뿐.

"그래도 허 씨가 착하고 성실한 사람이니까 잘할 거야. 모은 돈도 제법 있을걸. 자리 잡으면 엄마한테서 연락 올 거야. 좀만 참아."

"아, 네."

착하고 성실한 사람이라. 엄마가 착하고 성실한 사람하고 어울리나? 엄마는 착하지도 않고 성실하지도 않은데.

"근데 미향 이모. 저 파트-타임 잡을 좀 구할 수 있을까요?"

이제부터 적극적으로 아르바이트 자리를 구해 볼 생각이다. 헤어 학원이 끝나는 오후 3시경부터 시간이 있으니 뭐든지 하면서 돈을 벌어야 한다. 방값이며 생활비며 언제까지 이모만 바라보고 있을 수는 없다. 엄마도 나를 버리는데 이모가 언제까지 나를 책임지겠나. 나를 지킬 수 있는 건 나 자신뿐이다.

알아보고 연락 주겠다는 미향 이모를 뒤로 하고 돌아오면서 보니까 뉴몰든 거리에는 온통 한글 간판, 한국 물건들 광고 포스터가 가득이다. 런던 시내에 있는 차이나타운에 가 본 적 있는데 거기에는 중국 사람들이 중국 냄새 나는 음식들을 먹으며 온통 중국말로 와글와글 웃고 떠든다. 인도 사람들이 많이 모여 있는 동네에서 산 적 있었는데 그 사람들은 고향에서 가족 친척들을 끝없이 불러 대가족을 이루고 산다. 골목길에만 들어서도 인도 사람들 특유의 향신료 냄새가 공기 중에 가득 차 있었다.

사람들은 자기가 태어난 나라, 고향, 같은 민족이라는 것에 애정이랄까 소중히 여기는 마음이랄까 하는 것을 품고 있다. 그게 그렇게 대단한 의미가 있는 건지 나는 잘 모르겠는데 말이다. 나도 영국을 떠나 다른 나라로 간다면 영국을 그리워하고 영국에서 먹었던 음식들을 만들어 먹으며 영국을 추억할까? 난 그러지 않을 것 같다. 왜냐하면 난 이곳에서 애정을 갖고 있는 게 그다지 없으니까.

헤어 학원에 에든버러에서 온 아이가 있는데, 그 아이가 자주 하는 말이 있었다.

"스코틀랜드는 영국이 아니야."

"그래?"

"우리는 우리만의 역사와 문화가 있다고."

"그래."

무심한 내 태도에 약간 실망한 것 같더니 어느 날에는 일부러 내 앞에 똑바로 서서 나에게 말했다.

"한국도 일본에서 독립한 역사가 있더군."

"그래서?"

"야. 니 몸 안에 흐르는 피는 한국인 아니야? 영국에서 산다고 니가 영국인이 되는 건 아니라고."

어쩐지 그 아이가 화를 내고 있어서 아무 말 안 했지만 내 대답은 이것이다.

'그게 어쨌다는 거지? 난 그런 거 상관 안 해.'

핏줄이나 역사 문화적으로 내가 어디에 속해 있는지, 나는 어느나라, 어느 가정, 어느 무리에 속해 있는지, 그런 게 뭐가 중요하고 대단한 건지 나는 잘 모르겠다. 나는 한국도 관심 없고, 엄마 이모 아무도 관심 없다. 태어날 때부터 아주 행복하고 사랑 가득한 집에서 태어난 게 아니라면 일본인이라 해도, 독일인이라 해도 지금하고 달라질 게 뭐가 있나. 지금 나에게 중요한 건 '내 한 몸 안전하고 멀쩡하게 살아가는 것'이다. 그건 사랑이나 그리움, 내 존재의 근원, 민족과 역사니 뭐니 하는 것들보다 훨씬 더 중요하고 커다란 일이다.

그러니까 내 말은. 이곳 런던의 작은 방 한 칸에서 혼자 살고 있는 나는, 분홍색도 아니고 보라색도 아닌 머리칼을 한 나는, 하루하루 씩씩하게 살아가는 것을 인생의 목표로 삼아 열심히 나아가겠다 이 말이다. 오늘 하루 잘 사는 것, 그것 말고 다른 것은 신경쓰지 않겠다.

미향 이모가 아르바이트 자리를 구해 주면 좋겠다. 그러면 내가 (엄마를 닮아 착하지는 않지만) 엄마와 달리 성실하다는 것을 보여 줄 수 있을 거다.

전철을 몇 번씩 갈아타고는 스윗커티지역에서 내려 나의 새 보금자리, 작은 플랫으로 걸어가다가 구걸하고 있는 여자를 봤다. 회색 머리칼이 하도 엉켜 있어서 사람의 머리카락이 아니라 어떤 실 뭉치나 짐승의 털 뭉치 같아 보였다. 무릎을 꿇고 가슴을 허벅지에 붙인 자세로 납작하게 엎드려 있었다. 머리털이 등 뒤와 어깨 아래, 이마 위의 길바닥에 마구 흐트러져 있어 얼굴은 조금도 보이지 않았다. 대신 까맣고 꼬질꼬질한 손이 보였는데 'I am hungry'라고 쓰인 종이를 꽉 붙들고 있었고, 그 앞에는 걸레 같은 손수건이 대충 펼쳐져 있었다. 손수건 위에는 동전도 몇 개 있었고, 우유 한 곽이 놓여 있었다.

아까 미향 이모와 헤어져서 걸어오고 있는데 갑자기 나를 부르는 소리가 나서 돌아보니 이모가 막 뛰어오고 있었다.

"잡채 알지? 갖고 가서 먹으라고. 오늘 안 먹을 거면 냉장고에 꼭 넣어 두고. 알았지?"

이모가 내 손에 쥐여 주는 쇼핑백 안에는 비닐봉지에 담긴 잡채가 있었다. 엄마가 해 준 적은 없지만 나는 잡채라는 음식을 알고 있다. 예전에 학교에서 '월드 페스티벌'이라는 걸 했는데 어떤 한국인 아이의 엄마가 잡채를 만들어 와서 큰 인기를 모았었다. 그때 나는 뭘 가져갔던가? 아마도 빈손으로 갔겠지.

쇼핑백 안에 든 것이 잡채가 아니라 용돈 봉투였다면 더 기뻤겠지만 이것만으로도 나는 진심으로 고마웠다.

구걸하는 여자를 보면서 동전을 몇 개 주는 게 좋을까, 그냥 잡채를 줄까 고민이 됐다. 길에서 집시나 노숙자를 본 적 많았지만 도와주고 싶은 마음 든 적은 없었는데, 내가 남을 도와줄 형편이 아니었으니까, 그런데 오늘은 고민을 해 볼 정도로 마음이 움직였다. 그 자리에 서서 고민을 하고 있으면 여자가 고개를 들고 나를 바라볼 수도 있을 것 같아서 주춤주춤 걸어가며 고민을 했는데, 그러다 보니 너무 많이 걸어와서 이제는 다시 되돌아가지 않으면 아무것도 주지 못하게 되었다. 원래 이럴 때 나는 그냥 가 버리는 사람인데 오늘은 어쩐지 자꾸 마음에 걸리고 밤에 자려다가도 저 여자의 머리칼 뭉치가 계속 생각날 것 같았다.

나는 열심히 되돌아가 살며시 동전을 놓아 주었다.

순간 여자가 고개를 들고 나를 바라봤다. 그런데 고마워하는 표정이 아니라 저주를 퍼붓는 듯 번득이는 눈빛을 하고 있었다.

이제 보니 단순히 구걸하는 여자가 아니라 살짝 맛이 간 사람이잖아. 그런데 원망하는 듯, 노려보는 듯한 눈빛이 엄마하고 닮아 있었다. 너 때문에 내 인생이 꼬였어! 너만 없었어도! 엄마가 저런 눈빛으로 나를 쏘아보다가 갑자기 나를 집어던지듯 팽개치고는 집을 나가서 며칠씩 안 들어온 적이 있었다. 그때 나는 아주 어렸었는데 혼자 빈집에서 무서워 울다가 자다가 냉장고를 뒤져 생야채를 씹어 먹으며 지냈었지.

나는 와락 겁을 먹었다. 황급히 도망치듯 걸어오면서 생각하니, 역시 저런 사람은 도와주는 게 아니었어. 갑자기 무슨 바람이 불어서 내가 착한 아이가 됐나. 흥.

내 집이라는 곳에 돌아와 현관문을 닫으니 비로소 마음이 놓이면서 큰 숨이 쉬어졌다. 2층에는 예지, 알렉스, 아무도 없는 것 같았다. 썰렁하지만 고요하고 자그마한 내 방이 홀로 나를 기다리고 있었다.

오늘도 엄마는 나에게 메일도, 문자도 하지 않았다. 이모도 아무 연락이 없다. 그래도 나에겐 내 방이 있다. 방에는 침대도 있고 옷장도 있다. 이만하면 나쁘지 않다. 게다가 이제 나는 잡채를 먹을 거다. 오늘은 운이 좋은 날이다.

✈ 명랑한 런던 여행을 위한 팁 by 미아

난 런던이고 어디고 여행을 해 본 적도 없어서 팁 같은 거 모르는데요. 뭐, 작가님이 물으시니 최대한 성실하게 답해 보겠습니다.

코리안이 영국에 와서 단기간에 영어 실력을 올리고 싶다면 가까이 하지 말아야 할 주요 인물은 코리안이고 근처에 가지 말아야 할 곳

56

은 코리아타운입니다. 십몇 년을 영국에서 살면서도 늘 코리아타운에서 코리안들과 가까이 지내며 엉터리 영어만을 쓰고 있는 엄마를 보면 알 수 있는 사실이지요.

영어 같은 건 상관없이 그저 명랑한 여행이라면? 그렇다면 더더욱 나의 홈타운에서 벗어나, 여행 동안만 느끼고 누려 볼 수 있는 것들에 집중하는 게 낫겠지요. 하지만 아무리 즐겁게 여행 중이라 해도 익숙한 내 집을 떠나 타국에서 지내다 보면 한 번씩 문득 한국 음식, 한국 소식, 코리아 관련된 것들이 그리워질 수 있다고 생각합니다. (정말 그런가요? 사실 난 공감이 되지 않지만. 흠.)

영국에는 런던과 가까운 소도시 뉴몰든에 코리아타운이 있어요. 미국의 LA 한인타운이 그렇다는데 뉴몰든 역시 '여기가 영국인가, 한국인가?' 착각이 들 정도이지요.

사실 영국의 대표 음식이라는 게 생선과 감자를 튀긴 피쉬앤칩스, 감자 안에 토핑을 넣은 재킷포테이토 정도죠. 대단히 맛깔난 것은 사실 없어요. 슈퍼에서 파는, 데워 먹는 인스턴트 수프는 괜찮은 것들이 꽤 있지만요.

그런데 어느 날 브리티쉬고 로열이고 다 지겹고 짜증이 몰려오면서 속이 답답해진다면? 코리아타운이 있는 뉴몰든으로 가서 떡볶이든 순두부찌개든 낙지볶음이든 하여간 고추장 팍팍 들어간 음식을 먹고 한국인의 기를 충전해야 한다고 하더군요. 누가? 우리 엄마가요.

그런데 매운맛이 코리안의 기운을 북돋워 준다는 게 정말인가요?

제가 아는 어떤 한국인 언니가 그러는데, 요즘 한국의 젊은이들은 치즈를 먹고 힘을 낸다 하던데요. 저요? 저는 단것을 먹으며 허공을 향해 욕을 지껄입니다. 사실 이게 최고예요.

3

1층에 사는 친구

　일주일도 안 되었는데 나는 벌써 런던이 어떤 식으로 돌아가는 도시인지 대충 꿰뚫게 된 것 같다. 그러니까 런던은 되게 정신없이 돌아가는 엄청난 국제도시인 것이다.

　서울도 엄청나게 빠르고 급하고 정신없긴 한데 그래도 서울에선 반경 1키로 안에서 같은 한국 사람을 만날 확률이 훨씬 더 많지 않나. 중국인이나 일본인도 있겠지만 외모에서 크게 이질감을 느끼지는 않는다. 그런데 여기 런던에선 히잡을 두르고 있는 사람, 겨울인데 반팔티를 입고 팔뚝 전체에 문신을 토시처럼 두르고 있는 사람, 귀걸이와 코걸이로 부족해서 입술까지 뚫고 뭘 걸고 다니는 사람, 눈동자 색깔만 해도 파란색, 초록색, 회색, 하여간 별의별 사람을 동시에 만나게 되니 (당장 이 집 안에만 해도 여자보다 예쁜 금발 미남이 있지 않나. 하하.) 왠지 더 정신이 없다. 하긴 그 덕에 나 같이 아시아의 작은 나라에서 온 얼뜨기 소년은 눈에 띌 것도 없다. 한국에서나 이곳에서나 존재감 부족하긴 마찬가지인가. 흠.

그래도 매일매일 온데방데를 돌아다니며 부지런히 지냈다.

어학연수를 하기 위해 온 것도 아니고 그저 혼자 계획해서 돌아다니고 부딪히는 가운데 무언가를 (그러니까 그 대단한 무언가가 뭐냐고? 인생? 픕.) 배우고 느끼는 게 주요 목적인 여행이다. 그러한 목적대로 어제는 서쪽으로, 오늘은 동쪽으로, 내일은 중심가로 나가서 사람 구경, 미술관이나 박물관 구경을 하고 있다.

그런데 워낙 도시 자체에 관광객도 많고 전 세계의 다양한 인종들이 모여서 버글대는 중에 휩쓸려 다녀서 그런지 대단히 힘든 일을 하는 것도 아닌데 밤에 집에 돌아오면 다리도 많이 아프고 피곤이 몰려왔다. 어쩌면 답이 없는 어려운 마음을 끌어안고 낯선 동네를 싸돌아다녀서 그런 건지도 모르겠다.

원호가 들었으면 이렇게 말했겠지. "노는 것도 힘드냐, 새끼야."
흐흐.

잠자기 전 물이나 마시려고 주방으로 내려가는데 1층 방문이 열렸다.

사실은 어제, 그제도 방문이 열리고 닫히는 걸 본 적이 있다. 하지만 문을 열고 나오려다가도 밖에 누군가가 있는 걸 느끼면 슬그머니 도로 문을 끌어당겨 닫아 버리거나, 티셔츠 자락만 살짝 보여 주고는 잽싸게 문을 닫고 들어가 버려 그 방에 사는 사람을 제대로 본 적이 없다.

플랫 안에서 누군가를 마주치는 게 불편한 마음을 이해하지 못하는 건 아니지만 좀 심한 게 아닌가 싶고, 대인기피증이라도 있는가 싶을 정도였다. 그런데 오늘은 타이밍이 딱 맞아떨어졌다. 내가 막 주방으로 들어가려는 순간 1층 방문이 열리는 소리가 나면서 동시에 방 안에 있던 사람의 눈과 내 눈이 딱! 마주친 것이다. 그런 상황에서도 문을 쾅 닫아 버릴 수는 없었겠지.

"어… 하이."

내가 어색하게 웃으며 인사를 하자 그쪽에서도 마지못한 듯 인사를 했다.

"하이."

그러더니 내가 방 안을 훔쳐보기라도 할 줄 알았는지 방문을 얼른 콩- 닫고는 가로막듯 그 앞에 차렷 자세로 서 있다.

동양 여자아이인데 머리칼이 제일 먼저 눈에 띄었다. 전체적으로 보라색인데 정수리 부분은 좀 시커멓고 끝부분으로 갈수록 연분홍색으로 물이 빠져서 무지 산만하게 보였다. 얼굴은 동그랗고 가무잡잡하고 몸은 젓가락처럼 빼빼 말랐다. 한국인, 중국인, 일본인에 대한 느낌이 다 다르고 이제는 내가 그걸 구분해 낸다고 생각했었는데, 어쩐지 감을 잡기 어려운 얼굴이었다. 내 또래 같긴 했는데 왠지 한국에서 보던 여자애들하고는 느낌이 좀 달라서 '일본인가? 중국인가?' 헷갈렸다.

어쨌든 이 집에 들어온 지 열흘이 지나 처음으로 또래의 동양 여자아이를 만나니 왠지 반갑기도 하고 기분이 나쁘지 않았다. (이번엔 확실히 여자가 맞겠지? 하하. 거의 틀림없는 것 같긴 한데 이젠 내 눈도 믿을 수 없으니, 큭.) 하지만 그 아이는 나를 만난 게 조금도 반갑지 않은지 굳은 얼굴로 앞을 보고 있다가 어쩔 줄 몰라 움찔거리고 있는 나를 지나쳐 주방으로 들어갔다.

밤 열두 시가 다 돼 가는 시간이었는데 그 아이는 냄비에 물을 받아 끓이기 시작했다. 그러더니 'mia'라고 쓰여 있는 찬장에서 '신라면'을 꺼냈다.

"우왓, 신라면."

늦은 밤에 신라면을 만났을 때 자동적으로 나오는 탄성. 하지만 '미아'인지 아닌지 모르겠는 아이는 라면 봉지를 뜯으며 아무 반응도 없다.

오늘 낮에는 '노팅힐'이라는 동네에 갔었다. 잘생긴 남자가 예쁜 여자랑 멋있는 동네에서 연애하는 얘기, 영화 《노팅힐》의 노팅힐이다. 노팅힐은 영화에서만 그런 게 아니라 실제로도 낭만 터지는 동네였다. 분홍색, 하늘색, 연두색으로 칠이 된 건물들 사이를 걸어다니면서 한국의 회색 건물들을 떠올려 보니 이상한 기분이 들었

다. '이렇게 화사한 색으로 집을 칠할 수도 있는 거구나. 몰랐는데!'

하지만 혼자서 맘 편히 들어가기에 만만해 보이는 식당은 찾기 어려웠다. 다행히 빵이랑 사과랑 과자 같은 것들을 챙겨 갔기에 돈도 아낄 겸 그것들을 먹으며 구경을 하고 다녔다. (돈 아끼려고 간식거리를 챙겨 다니다니, 내가 철이 들어도 너무 심하게 든 거 아니야, 헐헐.)

그러고서 집에 돌아오니 배가 너무 고파 아까 7시쯤에 햇반 두 개랑 3분 카레 두 개, 스팸 한 통까지 먹어치웠다. 그랬는데도 옆에서 라면을 끓이니 급 배가 고파졌다.

우유나 한 컵 마시고 잘까 하던 생각을 집어치우고 전기포트에 물을 끓이며 '예지' 찬장에 넣어 둔 내 컵라면을 꺼냈다. 마음 같아서는 컵라면이 아니라 제대로 끓인 라면을 먹고 싶었지만, 한국에서 가져와 넣어 둔 진라면이 있기도 했지만 (엄마는 신라면을 사지 않고 꼭 진라면을 사는데, 착한 기업을 후원하는 거란다. 엄마는 매사에 그런 사람이다.) 어쩐지 저 아이를 따라하는 것 같아서 그렇게 못한 것이다.

인덕션 앞에 가만히 서서 냄비에 물 끓는 것을 기다리고 있던 아이가 식탁에 앉아 컵라면을 만지작거리고 있는 나를 흘끔 보더니 말을 걸어 왔다. 앗, 그런데 완벽한 영어로 말을 한다. 한국인이 아니었나?

"그 컵라면 어디서 샀어?"

"테스코에서 샀는데."

"그거 비싸기만 하고 맛없는데. 한국 슈퍼 가면 한국 라면 다 있는데. 라면은 한국 라면이 맛있잖아."

뭐, 난 평생 한국 라면만 먹어 왔으니 뭐라고 답을 하면 좋을지 몰라 뚱한 표정으로 가만히 있었다. 어휴.

"한국 슈퍼 어딘지 몰라? 알려 줄까?"

갑자기 훅 치고 들어오듯 나를 똑바로 쳐다보며 물어보는데 눈동자가 투명한 느낌의 갈색이고 얼굴이 아주 조그맣고 밤톨처럼 야물딱지게 생겼다. (엄마는 '야무지게'라고 하지 않고 늘 '야물딱지게'라고 했다. 그 발음을 할 때 엄마 얼굴은 진짜 야물딱져 보였는데.)

나는 "예지 누나가 적어 준 종이에서 보긴 봤는데 좀 멀어서 아직 안 가 봤어. 이건 그냥 무슨 맛인지 궁금해서 사 본 거야."라고 말하고 싶었지만 역시나 쉽지 않아서 "어, 예지 누나가 알려 줬는데 난 아직 못 가 봤어."라고 더듬거리며 대답할 수밖에 없었다. 그런데 여자애가 손가락으로 귀를 가리키며 너무나 고마운 한마디를 했다.

"나 한국말 알아들을 수 있어."

"오, 굿. 흐흐."

굿은 뭐가 굿이라는 건지. 그리고 바보처럼 웃기는 왜 웃은 건지. 참나.

"예지 언니 어디 갔어?" (사실 이 애는 '예지 언니'라고 하지 않고 그냥 '예지'라고 했는데, 나 혼자 '예지 언니'라고 받아들였다. 영어를 듣고 해석하는 데에 있어 융통성이 늘어난 것도 영어 실력이 좋아진 거라고 할 수 있을까? 갸우뚱.)

"어, 예지 누나는 휴가라서 여행 갔어. 나는 그동안에만 방 빌려 쓰는 거야."

"친척이야?"

"어, 아니야. 난 그냥 여행 온 사람이야."

"혼자?"

"응. 혼자."

"너, 몇 살인데?"

"열여섯 살. 중3. 너는?"

"난 열일곱 살이야."

그럼 누나라고 불러야 되나? 하지만 외국에선 어른 아이 할 거 없이 서로 그냥 'you'라고 하면서 이름 부르지 않나? 존댓말이라는 게 없잖아. 갑자기 '누나'라고 하기도 쑥스러우니 대충 얼버무려야 겠다.

"그럼 고등학생인가?"라는 말을 웅얼웅얼 입 밖으로 뱉었는데도 못 들은 건지, 중딩하고는 말 섞기 싫다는 건지 이내 고개를 돌리더니 쌩한 표정으로 라면 끓이기에만 집중하고 있다.

나는 같이 입 다물고 있기도 좀 어색하고, 간만에 또래의 한국 여자애를 만났더니 나도 모르게 기분이 업됐는지 쓸데없는 얘기를 떠들어 대기 시작했다.

"고등학교 올라가기 전에 혼자서 유럽 여행 좀 하고 오라고 부모님이 보내 주셨는데, 어휴, 내가 한국에서 수학은 못해도 영어는 잘하는 편이었는데 여기 오니까 스피킹이 영 안 되네. 넌 완전 원어민 발음이다."

주책바가지처럼 혼자 떠드는 나를 보며 여자애는 어깨만 한 번 으쓱하더니 아무 말이 없었다. 이름이 뭐냐고 물어보고 계속 말을 걸면 싫어하려나. 그래도 중3이 혼자서 유럽 여행을 왔다니, 나를 멋지다고 생각할지도 몰라.

기대와는 달리 나에게 호감 따위는 1도 생기지 않았는지 내가 식탁에 앉아 컵라면을 먹으려는데 그 아이는 다 끓은 라면 냄비를 쟁반에 받쳐 들고 방으로 들어가 버렸다. "빠이."라는 짧은 인사와 라면 냄새만을 남겨 두고. 당황한 나는 엉거주춤 일어나 손을 움찔거리며 "어, 빠, 빠이." 하고 말했다.

어우, 바보 같은 짓은 골라서 다 했다. 그래도 너무하네. 나 같으면 저렇게 다시 방으로 쏙 들어가 버리지는 않을 텐데. 먼 타국에서 또래의 한국인 친구를 만나 약간의 대화까지 나눴는데, 김치라도 좀 나눠 먹으며 같이 라면 타임을 가지면 즐겁지 아니한가. 매정하게 라면 냄비만 갖고 방으로 쏙 들어가 버릴 건 뭐람.

속으로 투덜거리며, 조언해 준 대로 맛도 없는 영국 컵라면을 대충 후룩후룩 삼키고는 얼른 방으로 올라와 버렸다.

이곳에 온 이후로 낮에 엄청나게 걸어 다녀서 그런지 밤이 되면 시차고 뭐고 상관없이 금방 곯아떨어졌다. 날씨나 좀 알아보려고 티비를 켜 두곤 했지만 알아듣지 못하는 영어가 배경음악처럼 깔리니 더욱 달콤한 잠 속으로 빠져들게 되었다.

아빠가 옛날에 공부하던 얘기를 들려준 적 있었는데, 영어 단어를 외우면서 종이로 된 영어사전을 한 장 한 장 뜯어서 막 씹어 먹었다는 거다.

"아니, 그게 무슨 (차마 '미친'이라는 말까지 덧붙이진 않았다. ㅎㅎ) 짓이야?"

"그만큼 마음을 쏟았다는 거지. 너는 그 정도로 열정을 갖고 뭔가 해 본 적 있어? 진짜로 열심히 살아 본 적 없는 사람은 삶에 대해 불평하면 안 되는 거야."

'열심히 살아 보지 않은 자는 삶에 대해 불평하지 마라.' 아빠의 이 말은 내 마음 어딘가에 도끼로 찍듯 강한 자국을 남겨 한 번씩 돌아보게 되었다. 애니웨이, 그런 의미에서 나도 영어 티비를 켜 놓고 잠을 자고 있는 거다. 뭔가 좀 도움이 되려나. 무의식 속에서 무슨 작용이 일어나 영어를 잘하게 될지도 모르지. 흠냐.

이후로 며칠은 계속 비가 내렸다.

우리나라도 요즘은 봄가을에는 미세먼지, 여름에는 폭염, 겨울에는 한파로 날씨가 이상하지만 런던의 겨울 날씨는 참말로 요상했다. 영하로 내려가는 적이 없으니 그리 춥지 않은 것 같은데도 이상한 느낌으로 추웠다. 집도 그랬다. 한국처럼 방바닥 전체가 따뜻해지며 난방을 하는 게 아니라 한쪽 벽에 붙어 있는 라디에이터에서 열기가 나오며 방을 덥히는 시스템이라 집 안에서도 스웨터를 껴입고 있지 않으면 늘상 좀 으슬으슬 추웠다. 어른들이 말하는 '뼛속으로 스며드는' 느낌의 추위랄까.

게다가 대체로 하늘이 흐리고, 비가 내려도 안개처럼 부슬부슬 내리니까 밖에 다닐 때 우산을 쓰기도 애매하고 안 쓰기도 애매했다.

런던 사람들은 대부분 바바리코트 깃을 올린 채 그냥 비를 맞고 다니던데 나는 그러면 머리랑 얼굴이 축축해서 싫었다. 그러나 혼자만 우산을 받쳐 들고 다니자니 유난스럽게 보이고 귀찮기도 했다. 할 수 없이 마침 하나 챙겨 온 후드티를 매일같이 껴입고 후드를 덮어쓰고 다녔다. 가끔 아주 마음에 드는 장소에 가면 셀카를 찍기도 했는데, 며칠 전에는 원호가 이런 톡을 써 주었다.

'옷이 아주 그거 하나뿐임? 혹시 전부 같은 날인 거냐? ㅋㅋㅋ'

어쨌든 그렇게 으슬으슬한 날을 견디다 못해 오늘은 차이나타운에 가서 짬뽕 비슷한 거라도 사 먹어 보기로 했다.

차이나타운은 전에 피카딜리 서커스 근처에 갔다가 슬쩍 보기만 했었다. 골목에 들어서기 전부터 익히 알고 있는 차이나스러운 향신료 냄새가 물씬 풍기면서 낯설지 않은 분위기가 느껴졌다. 런던에 와서 전철이나 버스에서도 워낙 중국말을 자주 듣긴 했지만 차이나타운에 들어서면 여기가 영국인지 중국인지 헷갈릴 지경이 된다. 온통 붉은색 장식으로 휘감아 둔 가게들과 '찡, 촹, 꽁' 같은 발음이 유난히 많아 귓속을 왕왕 울리는 중국말, 중국 사람들.

그날은 별로 끌리지가 않아 그냥 돌아섰지만 오늘은 어쩐지 서양식보다는 익숙한 동양식 음식이 먹고 싶었다. 한국에 있을 땐 내가 식성도 그렇고 우리나라 특유의 가족문화나 여러 사고방식에 대해 꽤 열려 있는 편이라고 (반감을 가진 편이기도? ㅎㅎ) 생각했었는데, 이곳에 오니까 역시 그래도 나는 한국 사람이라는 게 오히려 잘 느껴진다. 지금도 사실 진짜 먹고 싶은 것은 돼지고기 팍팍 들어간 김치찌개나 조갯살이 쏙쏙 들어 있는 순두부찌개 같은 것들이다. 하지만 한국음식은 사 먹으려면 비싸기도 한 데다 먹고 나면 2% 부족한 느낌이 들어 아쉬움만 더했다.

한국에서는 모두 기본으로 나오는 김치나 작은 반찬들까지 여기서는 다 따로 주문해야 하는 거다. 몇 번씩이나 그냥 받아 먹던 반찬들을 다 돈 내고 시키는 게 어쩐지 아깝게 느껴져서 오로지 찌개면 찌개, 볶음이면 볶음, 메인요리만 달랑 시켜 먹곤 했는데 그 때문에 더 아쉽게 느껴졌는지도 모르겠다. 외국에선 식당들이 원래 다 그런 거라지만 이상하게도 한국 식당에만 가면 '김치 한 조각만 주면 안 되나.' 싶으면서 야박하게 느껴지고, 먹고 나면 더욱더 한국에서 먹던 맛이 그리워졌다.

그래, 한국 음식은 차라리 내가 직접 만들어 먹는 게 낫겠어. 오늘은 이곳 차이나타운으로 만족하자.

그렇게 차이나타운으로 가서 어떤 식당이 좋을지 살펴보며 기웃거리며 다녔다. 그러다가 1층에 사는 밤톨 소녀 미아를 본 것이다.

처음엔 못 알아볼 뻔했다. 그러니까 그 아이가 눈 화장을 아주 시꺼멓게 하고 입술은 빨갛게 바르고는 몸에 딱 달라붙는 중국풍 원피스를 입고 어떤 딤섬집 앞에 서 있는 거였다. 날씨가 추운데 겉옷도 없이 반들반들한 느낌의 얇은 원피스 하나만 달랑 입고 있었다. 특이한 분홍색 머리칼은 양쪽 귀 밑에 동그랗게 말아서 묶어 너무 튀지 않게 해 두었다. 지방이 하나도 없이 일자로 뻗은 종아리 아래 굽이 높은 구두를 신고 있었다. 정말이지 집에서 봤던 그 아이의 모습하고는 너무나 딴판이었다.

가끔 보면 가게 앞 골목에 마네킹 같은 단순한 로봇을 세워 놓고 인사를 하게 하는 식당이 있었다. 한국 식당이나 서양 식당은 그런 분위기가 아니었는데 이상하게도 일본 식당은 자기네 고유의 옷을 입힌 인형을 세워 두고 '이럇샤이마세' 같은 인사말을 되풀이하게 하는 곳이 종종 보였다. 가끔씩은 완전 서양인의 얼굴을 하고 일본 옷을 입은 인형이 삐그덕삐그덕 움직이며 간드러지는 일본어로 인사를 해서 근처를 지나다 흠칫 놀라는 때도 있었다.

그런데 이 중국 식당은 아예 진짜 사람을 세워 놓고 인사를 시키고 있었다.

그 아이가 하는 일은 손을 공손히 모으고, 시선은 사선으로 살짝 아래를 향하고, 오륙 초 정도에 한 번씩 45도 각도로 천천히 꾸-

벅- 인사를 하는 거였다. 미아가 맞는지 확인을 하려고 조금 떨어진 곳에 서서 지켜봤는데 보기만 해도 내 허리가 아픈 것 같았다. 몇 시간이나 하는 건지 모르겠지만 저런 식으로 반나절 정도 규칙적으로 인사를 하다가는 허리가 뻣뻣해지고 머리가 빙빙 돌면서 몸살이 날 것 같았다.

제법 유명한 딤섬집인 것 같았는데 가게에 들어서려는 손님이 있으면 미아가 잠시 안내를 해서 가게 안으로 모시고 갔다가 금세 다시 나와 문 앞을 지키고 서서 인사를 했다. 가게의 얼굴이라 할 만한 중요한 임무인 것 같기도 하고, 또 어찌 보면 필요하지도 않은 쓸데없는 일 같기도 했다. 둘 중에 무엇이든 매우 힘들겠다는 생각이 들었다.

가만히 생각해 보니 미아는 분명히 한국인인데 이곳 런던에서 가족과 함께 사는 것도 아니고, 조그만 플랫에서 혼자 살면서, 밤늦게 라면을 끓여 먹고, 낮에는 중국 식당 문간에 서서 저런 일을 하고 있다.

혼자 조기유학을 온 건가? 방학 중에 아르바이트를 하는 건가? 어딘가에서 봤는데, 독일은 유학생 비자를 갖고 있는 사람이 공부 외에 아르바이트를 하는 건 불법이라 하던데 영국은 괜찮은 건가? 안 그래도 관심 있었는데 영국에서 학생이 아르바이트를 하는 것에 대해 제대로 알아봐야겠다. 그런데 혹시 저 아이, 학생 신분이 아닌 건가? 그럼 뭐지?

미아에게 급 관심이 생겼다. 예쁜 여자를 봤을 때 관심 생기는 그런 느낌이 아니라, 저 사람은 어떤 사람인가, 무슨 사연이 있는가 하는, 인간에 대한 호기심이랄까 뭐, 좀 그런 마음 말이다. 사실 지금 내가 내 인생에 대해서도 생각할 게 많아서 (그런데 생각을 좀 해 보려고 하면 머리가 아파서 일단 미뤄 두고 오늘을 즐기는 중이었다. ㅎㅎ) 남의 인생에 관심 가질 때가 아닌데, 어쨌든 미아에 대해서는 뭔가 주파수가 통해 버린 것 같았다. 이거 참, 좋지가 않네.

괜히 차이나타운에서 얼쩡거리다 미아의 눈에 띠면 좋지 않을 것 같은 느낌이 들어 잽싸게 골목을 빠져나왔다.

짬뽕 생각 따위 싹 사라지고, 그깟 밥 한 끼 먹는 걸로 열심히 고민하는 게 귀찮아져 앞에 보이는 맥도널드에 들어갔다. 핫초코 한 잔을 시키고 (엄마랑 둘이 카페에 가서 엄마는 커피, 나는 핫초코를 마신 적 있다. 엄마는 카페인 중독자다. 위장병 때문에 커피를 좀 줄이겠다고 했었는데 요즘은 어쩌고 있는지.) 햄버거를 먹는데도 어쩐지 미아에 대한 알 수 없는 마음으로 속이 불편했다.

이럴 땐 백지처럼 가볍고 단순한 원호와 얘기를 하는 게 최고지. 톡을 보내려다가 아무래도 자고 있을 것 같아서 카카오전화를 눌렀다.

"…어."

"자냐?"

"음, 왜?"

"내일 전화할까?"

"아이, 열심히 깨워 놓고 뭔 소리야? 왜, 뭔 일 있냐? 아함."

"저기, 어떤 애가 있는데, 쫌 헷갈려서, 넌 어떻게 생각하는지 궁금해서."

"아후, 뭔 말이야? 한국말도 제대로 못 하냐, 이제?"

"그러게."

한국말로 하는데도 주어와 서술어가 막 꼬이면서 정신없이 말을 했는데도 원호는 내 얘기를 다 알아들었다. 그리고 한마디를 했다.

"야, 너 지금 겁나 오버를 하고 있어. 왜, 너랑 비슷한 거 같아서 그래?"

원호는 미련곰탱이가 아니다. 세상 예리한 새끼다. 아니, 초딩 1학년에 전학을 와서 처음 만났을 때부터 십 년 가까이 친구로 지냈으니 이 정도 눈치는 가능한 얘기인지 모르겠다. 초딩 시절의 나는 지금의 나하고는 모습이나 성격이 완전 딴판이었다. 지금의 나는 거의 탈피를 했다고나 할까. '여린 껍질을 벗고 두꺼운 살이 나온' 파충류처럼. 하지만 원호는 그때부터 지금까지 변한 게 없다. 언제나 단순하게 직진하는 사람이다. 그리고 언제나 나의 첫 번째 친구였다.

"나랑… 비슷한 거 같아?"

나도 모르게 목소리가 떨리게 나온 것 같아 부끄러웠지만 원호는 신경도 안 쓰고 소리를 질렀다.

"비슷하긴 뭐가 비슷해, 새끼야. 이민 와서 알바 하나 부지."

"근데 왜 혼자 살지? 애가 표정도 별로 없고 웃지도 않고."

"야, 걔 좀 이쁘지? 너 그래서 괜히 그러는 거지? 아놔, 음흉한 새끼."

그러면서 원호는, 자기 생각에 미아하고 나는 비슷한 케이스고 뭐고 아무것도 아닌 것 같고, 만에 하나 비슷한 무언가가 있다 해도 내가 상관할 필요가 없으며, 내가 상관해 봐야 미아는 나를 음흉한 새끼라 생각하며 더 싫어할 거라고 했다.

"그러니까 그만 관심 끄고 즐거운 시간 보내라, 해부어굿타임 하라고. 야, 내 발음 괜찮지 않냐?"

고맙다고 할 뻔했지만 우리 사이에 그런 말은 너무나도 어색한 단어라서 "해부어굿타임이 아니라 해버굿타임이다." 놀려 주곤 쿨하게 전화를 끊었다.

나는 미아에게 무언가 어두운 히스토리가 있다는 걸 감으로 알아차렸다. 원호는 아니라고 했지만 (사실 원호도 정확하게 부정한 건 아니었다.) 나하고 비슷한 사연이 있는 것 같기도 하고, 아마도 그 때문에 내가 동물적으로 냄새를 맡은 것 같기도 하다.

원호가 처음 내 얘기를 물어봤던 건 아직도 생생하게 기억난다.

"야. 너 입양된 거라며?"

전학 첫날부터 다가와 말을 걸고 친하게 대해 준 아이가 원호였는데, 그때까지도 나는 부끄러움이 많고 내성적인 편이라 원호가 좋은데도 표현을 못 했다. 원호가 공을 차면 나도 슬그머니 따라가 옆에 서 있고, 그러면 원호가 나에게도 공을 던져 주곤 하며 같이 놀았다. 그렇게 조금씩 친해졌다. 그날도 운동장에서 놀다가 무슨 벌레였나 곤충 같은 걸 잡는다고 같이 화단에서 돌아다니고 있었는데 원호가 불쑥 말을 한 것이다. 많이 당황해서, 아니라고 하고 싶었지만 나도 모르게 고개를 끄덕이고 말았다.

"이야, 좋겠다. 나도 좋은 집으로 입양가고 싶다."

"으응?"

"너네 엄마 아빠는 너 증말로 사랑하는 거잖아. 그러니까 자기가 낳은 것도 아닌데 입양한 거잖아."

"어, 그렇지. …너네 엄마 아빠는 너 정말로 사랑 안 해?"

쭈뼛거리며 간신히 물어봤더니 원호는 어른처럼 길게 한숨을 내쉬었다.

"하아, 나는 요즘 우리 엄마 사랑을 믿을 수가 없다."

그때나 지금이나 원호는 한 번씩 애늙은이 같은 엉뚱한 소리를 잘 했는데, 어쨌든 그날 나는 원호 말을 들으면서 이 친구가 무슨 문제 가정에서 살고 있나 괜한 걱정을 했었다. 나중에 알고 보니, 원호네 엄마가 늦둥이 딸을 낳으신 후에 원호에게 잠시 무관심하셔서 원호 나름대로 상처를 입고 했던 소리였지만. 지금 그 예쁜 원호 동생 야호는 (세상에, 바라던 딸을 낳고 너무 기뻐서 그러셨다지만 이름이 야호가 뭐냐.) 슬프게도 갈수록 원호를 닮아 가는 초딩 2학년 소녀로 건강하게 살아가고 있다.

애니웨이. 나에게 그러저러한 과거가 있어서 미아를 보는 순간 뭐라 설명하기 어려운 감정들이 폭발한 것 같다. 어렸을 적부터 나의 단짝 친구였던 원호는 나의 히스토리와 아픔을 제법 많이 알고 있다. 하지만 아무리 그래도 평범한 가정에서 자란 원호는 다 이해할 수 없는 게 있다. 그런 면에서 어쩌면 미아와 나는 서로 깊이 이해할 수 있는 부분이 있을지도 모른다.

그렇지만 지금 나의 결론은? 신경 쓰지 말자. 나는 이제 하늘복지원의 울보 대장이었던 꼬꼬마 성진이가 아니다. 나는 이제 아빠, 엄마, 형도 있는, 게다가 나는 이제 곧 열일곱 살이 되는 최태서, 영국명 타쎄오 초이다. 열일곱 살이면 그 누군가는 아빠나 엄마가 될 수도 있는, 뭐, 거의 성인에 가까운 거 아닌가. (아니, 뭐, 생물학적으로 그렇다는 말입니다. 제가 그런 걸 꿈꿀 리는 없겠지요. 흠흠.) 나는 내 인생만 열심히 생각하고 책임지면 되는 거다.

관심 가질 필요가 1도 없으니 미아에 대해서는 그만 신경 끄겠다고 마음먹고, 가라앉으려는 흥을 있는 대로 끌어올려 중심가를 돌아다녔다. 미술관 앞 광장에서 엄청난 버스킹도 보고 랄랄라 신나는 비눗방울 공연도 보면서 놀았다.

우리나라도 요즘 홍대 앞이나 대학로에 가면 버스킹 하는 사람들이 좀 있지만 이곳의 버스킹 공연은 자연스레 호응해 주는 시민들로 인해 그 분위기가 훨씬 활발하고 경쾌한 것 같다. 공연단과 한

팀인 양 몸을 흔들고 박수를 치는 사람들 속에서 나는 쭈뼛쭈뼛 소심하게 몸을 움직여 봤다. 마음 같아서는 아주 가운데로 뛰어들어 미친 막춤이라도 보여 주고 싶었지만 '어글리 코리안' 소리 들을까 봐 많이 자제했다.

이래 봬도 내가 심리학에 관심이 있어서 책도 찾아 읽고 유튜브 강의도 들어서 아는 게 좀 있는데, 머리보다 몸을 쓰는 게 마음을 업시키는 데에 도움이 된다. 고민에 빠져 있는 것보다는 생각 없이 몸을 움직이는 게 기분을 좋게 만들고 결과적으로 문제 해결에도 가까워진다는 거다. 마음이 풀리고 더 이상 걱정하지 않게 되면 그것으로 문제가 해결된 거라고 할 수도 있으니까 말이다. 그걸 알게 된 이후로 나는 터벅터벅 걸어가다가도 갑자기 요상하게 하체를 흔들면서 걸어가거나, 갑자기 팔을 하늘로 뻗치며 '허이, 허이' 소리를 지르기도 했다. 옆에서 미친놈 소리를 하며 등짝을 때려 주는 원호가 있어서 가능한 일들이었다. 하지만 여기엔 아무도 없으니 이 정도만 하기로.

앗, 그러고 보니 요즘 내가 즐겨 보는 드라마 '셜록' 재방송 시간이 다가온다. 멋지지 아니한가. 좋아하는 영드를 보기 위해 빨간색 이층버스를 타고 부랴부랴 집으로 돌아오는 모습이라니. 아, 물론 못 알아듣는 말이 대부분이지만 한국에서부터 알고 있던 드라마와 배우를 방에 앉아 티비를 켜서 본다는 기쁨이 쏠쏠하다. 자꾸 보다 보니까 영어 실력까지는 아니지만 때려 맞추는 감이 발달하는 것 같아서 그것도 재미있고 좋다.

그런데 내가 현관문을 열고 집 안에 들어서자 주방 식탁 쪽에 앉아 있던 어떤 사람이 후다닥 뛰어나왔다. 느낌상 한국인인 것 같고 삼십 대쯤 되어 보이는 여자였다.

윤기가 반드르르한 회색 롱코트에 굽이 엄청 높은 구두를 신고 있었는데 우리 엄마 같은 학교 선생은 확실히 아닌 거 같았다. 드라마에 나오는 변호사나 사업가 같은, 하여간 엄청 잘나가는 커리어우먼 같았다. 그 여자는 나를 보더니 뭔가 실망한 듯 얼굴을 조금 찡그리다가 이내 침착한 표정으로 말했다.

"아, 미안해요. 1층에 사는 친구를 기다리고 있었거든요."

역시 한국말. 그런데, 미아를 기다리고 있었다고?

내가 좀 아리송한 표정을 지었는지 여자가 이번에는 완전 영국 발음 영어로 말을 했다.

"너 한국인 아니야?"

난 한국인 아니고, 1층에 사는 아이에게는 하나도 관심 없다고 영어로 말하고 싶었지만 어쩔 수 없이 한국말로 대답했다.

"아, 한국인 맞아요."

"그렇죠. 여기 이사 왔나 봐요. 지난번에 왔을 땐 못 본 거 같은데."

"아, 네, 한 달 동안만 지내는 거예요. 여행 왔거든요."

"그렇구나. 혹시 1층에 사는 친구 알아요?"

"어, 뭐, 잘 아는 건 아니고요. 호호."

또! 바보같이 웃지 좀 마라, 제발.

"나는 걔 이모예요. 연락이 잘 안 돼서 걱정이 돼 찾아왔는데, 보통 몇 시에 들어오는지 알아요?"

"글쎄요. 밤늦게 들어오는 것 같던데 저도 정확히는 잘…."

"그렇군요."

미아 이모는 입술에 힘을 꽉 주고 뭔가를 생각하다가 이내 미소를 지으며 고맙다고 인사를 했다. 하지만 그 미소는 가짜 미소였다. 나는 사람의 얼굴 표정으로 진실과 거짓을 판단하는 데에 재능이 있다.

계단을 올라 내 방으로 가면서 슬쩍 돌아보니 미아 이모는 핸드백에서 하얀 봉투 하나를 꺼내 허리를 깊숙이 숙여 미아의 방문 아래 틈으로 슉 밀어 넣었다. 그러더니 현관문을 열고 나가 바깥에서 철컥- 하고 문을 잠갔다. 또각또각 발소리는 점점 사라지는데 내 머릿속은 보글보글 끓어오르기 시작했다.

미아의 방 열쇠는 없지만 집 열쇠는 가지고 있네? 진짜 이모가 맞나 보지? 엄마랑 친한 아줌마들을 흔히 '이모'라고 부르는데 그런 이모는 아닌가? 미아도 핸드폰이 있을 텐데 연락이 안 된다는 건 왜일까? 봉투에는 뭐가 들어 있을까? 편지? 돈? '이모'라는 사람은 집에까지 찾아왔는데 '엄마'라고 부를 만한 사람은 어디 있는 걸까?

방에 앉아 셜록을 틀어 놓고 있으면서도 내 신경은 아래층으로 뻗어 있었다. 혹시나 미아가 들어오는 기척을 느낄 수 있을까 싶어서 한 번씩 귀를 쫑긋거렸다. 미아가 들어오는 걸 안다 해도 뛰어 내려가 말을 걸거나 무얼 물어볼 것도 아니면서 그냥 괜히 신경이 쓰였다. 아, 나 진짜 왜 이러냐.

쓸데없이 들썩이는 마음을 가라앉히기 위해 일찌감치 잠이나 자기로 했다. 그런데, 어라. 어디든지 머리만 갖다 대면 잠을 자는 내가 웬일로 잠이 오지 않아 뒤척뒤척. 그러다 어느 순간 설핏 잠이 들었는지 이상한 꿈을 꿨다.

나는 미아와 함께 차이나타운의 어느 골목에 서 있었다. 사실 실제 런던의 차이나타운 골목하고는 많이 달랐고 신사동 (은평구 신사동이다, 강남 신사동이 아니라.) 우리 집에서 학교 가는 골목길 근처 같이 생긴 곳이었다. 하지만 꿈속에서 나는 그냥 '여기는 런던에 있는 차이나타운'이라고 속으로 막 우기듯 생각했다. 어쨌든 거기에서 미아는 사람이 아닌 마네킹이 되어 초점이 맞지 않는 눈을 하고는 쉬지 않고 사방팔방 인사를 해 대고 있었다. 그 앞에서 나는 혼자 떠들고 있었는데 미아가 내 말을 듣지도 않고 나를 바라보지도 않아 점점 더 크게 소리 소리를 질렀다.

"그러니까, 입양된 거냐고 묻잖아. 내 말 안 들려? 엄마가 너를 버린 거냐고? 그래서 이모한테 입양된 거냐고? 대답을 해 보란 말이야아아아아."

그러다가 미아가 뭐라고 대답을 하려는 듯 마침내 입을 옴쩔거리는 순간 화들짝 잠에서 깼다. 아, 뭐지? 나를 향해 무슨 말을 하려고 했는데. 그걸 들었어야 하는데.

말도 안 되는 꿈에서 하지도 않은 대답을 듣지 못한 것 때문에 손바닥으로 베개를 치면서 아쉬워하다가 한참 만에야 바보 같은 내 모습을 깨달았다. 지금 뭐 하는 거야.

시계를 보니 이제 밤 열두 시가 조금 넘었다. 물이나 한잔 마시고 마음을 좀 정리한 다음 제대로 다시 잠을 청하려고 1층 주방으로 내려갔다. 미아의 방을 슬쩍 살펴보니 조용하고 아무 기척이 없다. 아직 안 들어왔나? 그새 들어와서 자고 있나? 에이, 내가 무슨 상관이람.

주방 식탁에 앉아 가만히 생각을 해 봤다.

나라면 어떻게 할까? 엄마한테는 버림을 받고 이모에게 입양 비슷한 것이 되는 상황이라면? 여기서 이모가 어떤 사람인가 하는 것은 엄청나게 중요한 문제 같지만, 설령 이모가 대단히 정이 많고 나를 지극히 사랑해 준다 해도 위험 요소가 없는 것은 아니다. 사람은 누구나 이기적이고 사람의 감정이라는 건 언제든지 변할 수 있기 때문이다.

나라면. 나라면 안타깝고 힘든 마음이 없지 않겠지만 그래도 좌절하지 않고 굳세게 나아가겠다고 마음먹을 것 같다. 어차피 사람은 이 세상에 혼자 나왔다가 혼자 가는 거니까. 다만 미아에게 친구가 있으면 좋겠다는 생각은 했다. 나에게 원호가 있는 것처럼, 그런 친구. 미아만 싫어하지 않는다면 내가 그런 친구가 되어 줄 수도 있을 텐데. 이건 미아가 쫌 야물딱지고 귀엽게 생겨서 그러는 게 아니다. 나의 이런 마음은 그 뭐더라, 그렇지, 인류애적이고 동지애적인 뭐 그런 마음이다. 흐흐.

혼자서 바보처럼 실없이 웃고 있는데 현관문을 열고 알렉스가 들어왔다. 오늘도 눈화장에 몹시 공을 들인 모습이다. 알렉스가 나를 보더니 이제는 좀 느끼하게도 보이는 신비로운 미소를 지으며 다가와 맞은 편 의자에 털썩 앉는다.

"하이, 타쎄오. 여기서 뭐 해?"

"하이, 그냥 물 한잔 마시는 중."

"그렇구나. 런던 여행은 즐겁게 하고 있어? 많이 둘러보았어?"

"응, 열심히 다니고 있어. 다리가 딱딱해졌다니까."

"잘하고 있구나. 런던만 보지 말고 윈저나 옥스퍼드, 캠브리지에도 가 봐. 기차를 타면 하루 안에 다녀올 수 있어."

"오, 그래? 고마워."

"뭘."

"…저기, 알렉스."

최대한 아무렇지도 않은 표정으로 슬쩍 말을 건네 보았다.

"혹시 1층에 사는 여자아이에 대해 알아?"

"아, 미아. 작은 소녀, 하지만 파워걸이지."

"파워걸?"

"작은 소녀가 혼자 살면서 일도 하고 돈도 벌고 공부도 하고 있거든. 놀라워."

"무슨 공부? 고등학생인가? 왜 혼자 사는 거지?"

"나도 몰라. 헤이, 너 미아에게 반한 거야?"

"아, 아니야. 저녁때 미아의 이모라는 사람이 찾아와서 미아에 대해 묻더라고."

"아, 미스 @#$%. 나도 만난 적 있어. 가끔 찾아와서 미아를 살펴보는 것 같더라."

피곤한 티를 내며 하품을 하는 걸 보니 알렉스는 미아에게도, 나에게도 관심 없는 것 같았다. 다행이군.

심드렁한 표정으로 미아를 파워걸이라 부르는 알렉스를 보니 내가 지나치게 감정이입하며 민감하게 굴었다는 것을 인정하겠다. 내가 입양되었다는 사실 때문에, 게다가 지금 내가 가족을 떠나 혼자 런던에 와 있기 때문에 더 그랬던 것 같다.

하지만 나에게는 카톡으로 안부를 챙겨 주는 건 물론이고 큰돈을 들여 지원해 주는 가족이 있다. 미아도 자기 나름대로 살아가는 방식이 있을 거다. 나는 아직 미아의 친구도 아니고 아무것도 아니지만 마음으로나마 미아를 응원해 주고 싶어졌다.

미아. 넌 밤톨같이 작지만 알차고 야물딱진 파워걸이야. 차이나타운의 골목에서 하루 종일 인사를 하는 건 쉽지 않겠지만, 부디 힘을 내어 잘 헤쳐 나가렴. 나도 한때는 성진이었다가 태서로, 이제는 타쎄오 초이가 되었지. 네가 잘해 나가는 걸 보며 나도 용기를 얻어 스트롱맨이 되고 싶구나.

명랑한 런던 여행을 위한 팁 by 태서

막상 해외에 나와 보니 한국에선 은근히 자신감을 갖고 있었던 나의 영어 실력이 쥐뿔도 아니었다는 걸 알게 됐습니다. 그렇지만 조금이나마 경험한 것을 바탕으로 얘기해 보자면, 영국 영어와 미국 영어는 꽤 많이 다른 것 같아요. 한국에서 배워 왔던 굴리는 버터 발음은 미국 영어였고요. 영국 영어는 그야말로 적혀 있는 스펠링 그대로 읽어 나가는 딱딱한 발음이라는 걸 알게 됐습니다.

처음엔 영어가 아니라 독일어나 다른 어떤 외국어인 줄 알았어요. 그런데 자꾸 듣다 보니까 영국 영어가 오히려 정확하게 들리고 뭐랄까, 좀 더 정직한 느낌이 든다고 할까요.

또 하나 영어에 대해서 느낀 점은요. 우리가 한국에서 생각하기를, 외국에 나가서 영어 잘 못하면 큰일 나는 것처럼, 미리 겁을 먹었던 게 아닌가 싶더라고요. 그런데 의외로 이곳 사람들은 제가 외국인인 것을 배려해서 저의 엉터리 영어를 알아들어 주려고 노력하더라고요. 생각해 보니 우리도 한국에서 외국인이 더듬거리며 한국말을 하면 당연하고 기특하게 여기며 도와주려고 하잖아요.

중요한 것은 영어를 잘하냐 못하냐의 문제가 아니라, 어떤 자세와 마음가짐을 갖고 있는가 하는 것이라고 생각하게 됐습니다. 좋은 말이라고요? 하하, 감사. 그래서 저는 앞으로 영어 공부에 크게 신경 쓰지 않기로 했습니다. 결론이 이상하다고요? 전 마음에 드는걸요. 흐흐흐.

4
거짓말의 진실

헤어를 때려치웠다.

아, 이런 식으로 말하고 싶지 않다. 다시.

나는 헤어 디자이너가 될 수 없을 것 같다. 슬프게도.

…이것도 마음에 안 드네. 그냥, 헤어를 그만두게 되었다? 포기해 버렸다? 헤어는 나의 길이 아닌 것 같다? 몰라, 뭐든 어때. 사실, 내가 하고 싶어서 한 것도 아니잖아. 웬일로 기회가 생긴 것 같아서 대충 배워 일찌감치 취직도 하고 돈도 벌 수 있을까 싶었는데 그게 아닌 것 같다. 젠장.

애니 선생님이 나에게 해 볼 만한 위탁교육 과목으로 헤어와 요리가 있다고 했을 때 난 사실 많이 갈등했었다. 왜냐하면 둘 다 평소에 깊이 생각해 본 적 없는 분야였고 나랑 별 인연 없는 것들이었기에. 엄마라면 당연히 헤어를 택했을 거다. 일단 엄마는 요리에 관심도 없고 재능도 없다. (그건 나도 마찬가지다.) 엄마는 연예인이나 다른 사람 헤어에 엄청나게 관심 많고, 아침마다 자기 헤어스타일 관리하는 데에도 무지하게 시간을 들이며 신경 쓰곤 했다.

그에 비해 나는 헤어스타일이나 패션 같은 데에 영 관심 없는 사람이었다. 헤어는 그냥 깨끗이 감아 주기만 하면 되는 것이고, 못 감아서 냄새나고 떡이 진 날에는 모자를 눌러쓰고 다니면 되는 것이다. 내가 특히 싫었던 건, 런던이 유난히 그런 건지 모르겠지만 시내의 숍에서 커트만 조금 하려 해도 너무나 비싸다는 거다. 머리카락 조금 잘라 주는 데 왜 그리 돈을 많이 받는 거지?

그러다가 헤어 공부를 하면서 알았다. 헤어 디자이너란 계속 서서 일을 하기 때문에 체력적으로도 굉장히 힘든 직업이고, 헤어스타일은 사람의 외모에서 아주 큰 몫을 차지하기 때문에 이게 잘됐는지 잘못됐는지가 대단히 중요하다는 거다. 헤어 선생님이 하신 웃긴 얘기가 생각난다.

"헤어가 집으로 치면 지붕이거든요. 지푸라기 대충 얹어 놓은 지붕이냐, 잘 다듬어진 예쁜 탑이 있는 지붕이냐에 따라서 집 모양이 완전 바뀌잖아요? 헤어가 바로 그런 것입니다."

맞는 얘기다 싶었고, 헤어를 배우는 데에 있어 호감이 올라가기도 했다.

염색을 해 봤을 때도 그랬다. 많이 남아 있는 염색약들을 버리려고 하는 게 아까워서 주위와 호기심에 해 본 것뿐인데, 헤어 색깔이 달라지니 사람 자체가 대단히 달라진 것 같고 기분도 새로워졌다. 내가 워낙 유순한 성격은 아니었지만 그래도 나의 배경이나 현재 상황 때문에 조금 찌그러져 있는 느낌이 있었는데, 헤어 색깔을 과감하게 바꾸고 나니 심리적인 전투력이랄까 어떤 깡 같은 게 훨씬 상승하는 느낌이 들었다. 오호.

그 이후로 다른 사람을 볼 때에도 헤어스타일을 유심히 살펴보는 등 이쪽 분야에 점점 관심과 애정이 생기고 있었다.

하지만 내 인생이 이렇게 순조롭게 풀려 나갈 리가 없지. 갑자기 팔을 너무 많이 써서 그런지 오른쪽 팔꿈치 아래에서부터 손목까지가 징-하게 울리면서 계속 아파서 파스를 붙이고 다녔는데, 오늘 헤어 선생님이 보시더니 간단히 한마디 하셨다.

"너 팔이 약한가 보다. 그거, 이 바닥의 직업병인데 벌써 그러면 어떡하니?"

그러더니 이어서.

"그건 무조건 쉬어야 나아. 당분간 나오지 말고 쉬어."

괜찮다고, 할 수 있다고 했는데도 선생님은 냉정했다.

"그러다 팔을 더 못 쓰게 되면 우리가 책임져야 된다구."

반짝이는 금발을 레고 블록 인형 같은 단발 스타일로 자르고 에센스를 듬뿍 발라 찰랑찰랑 흔들고 다니는 글로리아 선생님이 미간 사이에 우아하게 주름을 잡으며 말했다.

안 그래도 가위며 빗이며 사야 하는 것들이 점점 늘어나고, 가위만 해도 조그마한 거 하나가 어쩌나 비싼지 갈등이 심했는데 잘됐네, 흥. 요리를 배우는 친구에게 들어 보니 그쪽도 용도별로 다 다른 칼을 사느라 돈이 많이 든다고 한다. 냄비며 프라이팬을 번쩍번쩍 들고 옮기느라 팔도 아프다 하던데, 결국 헤어도 요리도 나의 길이 아니었던가.

그래도 일단 이번 학기에는 내가 위탁교육을 받는 걸로 되어 있어서 주마다 점심값과 교통비가 내 통장으로 입금되고 있으니 그걸 럭키하게 생각해야겠다.

이모한테는 헤어를 쉬고 있단 얘기를 안 하고 싶다. 맨손으로 혼자 유학을 와 온갖 아르바이트를 하면서 성적 장학금까지 받아 학교를 졸업하고 그래픽 디자이너가 된 이모에게 엄마를 닮아 불성실하다는 얘기를 듣고 싶진 않다.

이모는 처음 이사하던 날에 생활비를 주고 나서 정확히 한 달에 한 번씩 똑같은 액수를 통장으로 보내 주거나 직접 집에 찾아와서 돈을 주고 갔다. 가끔 전화도 오는데 형식적인 인사를 주고받을 때도 있고, 뭔가 마음이 불편해서 통화를 하고 싶지 않은 날엔 전화를 받지 않고 나중에 문자로 간단히 얘기를 나누기도 했다.

'이모. 아까는 바빠서 전화 못 받았어요? 무슨 일 있으세요? 혹시 엄마한테 연락 왔나요?'

하고 싶지 않은 엄마 애기를 굳이 집어넣는 건, 엄마가 나한테도 여태 아무 연락 없다는 걸 알리기 위해서다. 그러면 이모도 알아듣고 간단히 답을 보내 준다.

'그래. 밥 잘 먹고 건강하게 지내라. 내가 바빠서 자주 연락 못해 미안해.'

외롭고 쓸쓸한 마음이 들 때도 있지만 이만하면 이모는 충분히 나에게 잘해 주고 있는 거다. 헤어든 뭐든 빨리 자리를 잡아 이모 앞에 떳떳한 모습 보여 주고 싶은데.

이왕 헤어도 쉬게 되어 시간이 많아졌으니 (지금 도로 학교에 나갈 수도 없는 게 이사를 해서 너무 멀어진 데다가 학교에 나가면 점심값과 교통비를 받지 못한다. 어차피 학교에서 배우는 것도 없었는데, 뭘.) 여러 가지 아르바이트를 하면서 돈도 벌고 경험도 쌓아 봐야겠다.

방학 기간 동안 한국에서 유럽까지 여행을 와 세상 경험을 쌓는다는 녀석도 있긴 하지만 그런 아이와 비교하며 우울한 마음 갖지 말자. 부잣집에서 태어난 운 좋은 놈인지는 모르겠지만 애가 영 떨떨하고 모자라 보였다. 턱에 커다란 점이 있어서 더 그렇게 보이기도 했고. 얼마 되지도 않는 기간 동안 혼자 다니느라 힘들었는지 라면 끓이는 잠깐 사이에 무슨 말을 그렇게 많이 하나. 생각하니 우습네. 핏.

아르바이트를 구하는 건 생각보다 어려웠다. 대단한 기술이 있는 것도 아니고 정직원이 되겠다는 욕심이 있는 것도 아니라면 카페나 식당에서 간단한 서빙을 하는 수밖에 없다. 나이가 너무 어려 보일 까봐 화장도 제법 하고 갔는데 어리다며, 경험이 없다며 받아 주질 않았다. 이봐, 기회를 줘야 경험을 쌓을 거 아니냐고. 쳇.

한국말을 할 줄 안다면 한국 식당에 들어가기 유리했을 텐데 알 아듣기만 하는 건 크게 좋은 점이 없었다. 오히려 중국 식당에서 오케이를 해 주었다. 내 얼굴이 중국인 같지는 않은데 말이다. 그런 데 알고 보니 식당 문 밖, 그러니까 길거리라 할 만한 곳에 서서 계 속 인사를 해야 하는 일이었다.

가끔 그런 식으로 손님을 모으는 가게를 본 적 있었지만 그다지 좋은 인상을 받지 못했었다. 사실 내가 관심 없는 가게면 유심히 보지도 않고 지나가 버리곤 했었지만. 그랬는데 내가 바로 그 일을 하게 된 것이다.

뭐, 가만히 서서 인사만 하다가, 관심을 보이는 손님이 있으면 안 쪽의 카운터로 이끌어 가기만 하면 되는 거니까 좋다고 했다. 그런 데 하루 해 보고 나서 이게 얼마나 힘든 일인지 알게 되었다. 하겠 다는 사람이 없어서, 하기로 해 놓고도 금방 그만둬 버리니까 사람 구하기가 어려워서 나 같은 애한테까지 일자리가 오게 된 거라는 생각이 들었다. 그럼 그렇지.

일단 몇 시간 동안 꾸벅꾸벅 인사를 하면 허리가 얼마나 아픈지 모른다. 굽혔다 폈다 허리 운동을 수백, 수천 번 반복하는 것이니. 첫날엔 아무 생각 없이 열심히 하고 집에 갔다가 그날 밤에 허리와 등줄기가 딱딱하게 아파서 잠도 제대로 못 잤다.

며칠 하고 나서 알게 된 노하우는, 인사를 할 때 어깨에서부터 상체 전체에 힘을 툭 빼고 팔을 살짝 털듯이 던지듯이 하면서 허리보다는 어깨를 숙여 인사하는 자세를 취하는 거다. 한번은 주인이 보더니 한국 영화에 나오는 조직폭력배들의 인사법을 따라 하는 거냐며 (그게 어떤 건지 난 본 적이 없어서 알지도 못하는데요?), 손을 맞잡아 배꼽 부근에 대고 얌전하게 몸을 접듯이 하라고 잔소리를 했다. 하지만 그렇게 해서는 허리가 남아나질 않을 거다. 움직임 없이 한 자리에 가만히 서서 상체만 움직이는 게 무릎과 종아리에도 얼마나 힘든 일인지 이번에 알았다.

도저히 못 하겠다 싶어서 두 번째 주급을 받은 후 그만두려다가 일하는 시간을 손님이 한창 몰려들 만한 낮 열두 시에서 두 시까지로 조정을 했다. 대신 그 이후에는 피카딜리서커스역 부근에 있는 망해 가는 쇼핑몰에서 점원 아르바이트를 하게 됐다.

거의 포기하고 있었는데 미향 이모가 잊지 않고 연락을 주었다. 원래는 인기 있는 쇼핑몰이었다는데 바로 옆에 삐까번쩍한 쇼핑몰이 새로 오픈을 하면서 여기는 망하게 생긴 거다. 창고형 매장으로 바뀌 철 지난 옷이며 신발이며 가방 등등 그때그때 들어오는 물건들을 마구 쌓아 놓고 다른 데보다 반값에 파는 곳이란다. 어쩌면 몇 달 안에 아예 문을 닫게 될지도 모르지만 그때까지만 경험도 쌓을 겸 해 보면 좋을 거라고 했다. 나야 물론 땡큐고.

나는 1층 입구 쪽 매장을 맡게 됐다. 미향 이모 커넥션으로 좀 좋은 자리에 배치된 건가 했지만 그건 오해였다. 역시 입구와 가까운 곳은 들여다보며 뒤적거리기만 하는 사람이 많아 안쪽에 있는 매장보다 정신이 없고 일은 두 배로 많은데 받는 돈은 똑같다. 아르바이트를 하면서 배우게 된 점원으로서의 상식, 입구와 가까운 곳은 무조건 힘들다는 것. 될 수 있는 대로 안쪽에서 하는 일을 구하라.

그래도 이런 식의 일들이 나에게 성격적으로 잘 맞고 돈도 제법 벌 수 있다는 걸 알게 되었다. 돈을 모아서 나중에 적당한 가게를 차려도 좋겠다는 생각을 했다. 책상에 앉아서 하는 일, 공부를 하고 머리를 써서 하는 일보다는 직접 뛰어다니며 몸으로 부딪히는 일이 내 적성에는 더 맞는 것 같다.

몰에서 친구를 사귀게 된 것도 좋은 일이었다. 나보다 안쪽에서 아르바이트를 하는 한국에서 유학을 온 언니인데, 대학에 들어가려고 준비하면서 지금은 어학 센터에 다니고 있는 중이라 했다.

이상하게도, 이상한 게 아니라 당연한 건가? 하여간 어렸을 때부터 아시안 친구들과 어울리게 되는 일이 많았다. 난 특별히 한국 사람에게 관심 있는 것도 아니고 아시안이라 해서 동질감을 갖는 것도 아니었지만 이상하게도 그렇게 되었다. 백인 아이들이 아시안이나 인도 쪽 아이들을 은근히 차별해서 그런 경우도 있었고, 반대로 아시안이나 인디아 애들이 지레 백인 아이들을 부담스러워하며 피하는 경우도 있었다. 난 백인이든 아시안이든 아무 생각 없고 상관도 안 했지만 그렇게 되곤 했다.

이번에도 몰에서 일하게 된 둘째 날에 수지 언니가 나에게 말을 걸면서 그 많은 아르바이트생들 중 하필이면 한국인 둘이 친구가 된 것이다.

"그럼 너는 애기 때 런던에 온 거야?"

"응. 그렇지."

"그래서 완전 영국 원어민 발음이구나. 부럽다."

"수지 언니도 발음이 나쁘지 않은데."

"나 완전 열심히 하고 있거든. 그리고 사실 내 이름 수지 아니라 수빈이야."

"수빈?"

"응. 그런데 여기 사람들이 발음하기 좀 어려워서 그냥 수지라고 했어. 한국에 수지라는 탤런트도 있잖아."

"탤런트? 수지?"

"수지 몰라? 노래도 하고 연기도 하는. 한국 티비 안 봐?"

"한국 티비 별로 관심 없어서."

"부모님도 안 보셔? 내가 아는 한국 사람들은 집에서 늘 한국 드라마 보고 인기 있는 한국 영화도 다 찾아보던데."

"부모님이 둘 다 바쁘셔. 티비에서 보는 거라곤 bbc 뉴스뿐이야."

"그렇구나. 영국사람 다 됐나 보다, 너희 가족은. 멋지다."

헤어 학원에 다닐 때 같이 몰려다닌 친구들이 좀 있긴 했지만 잠시뿐이었고, 써레이에 살 때에는 동네 친구들이 있었지만 워낙 동네에서 엄마가 괴상한 여자로 소문이 나서 진짜 친하게 지내는 아이는 없었다. 요즘은 플랫에서 혼자 밥해 먹고 혼자 살면서 어떤 날에는 하루 종일 아무하고도 말 한마디 안 하는 날도 있었다. 원래 혼자 조용히 지내는 걸 더 좋아하긴 했지만 사람이 너무나 혼자서만 지내니 약간 우울해지는 것 같았다. 그러다가 나에게 호감을 갖고 대해 주는 수지 언니를 만나 샌드위치도 같이 먹으며 대화를 나누다 보니 즐겁고 좋았다.

그런데 며칠 전부터 이상한 일이 있었다.

플랫 2층에 사는 한국 남자애, 팔자 좋아서 혼자 여행 왔다는 약간 모자라 보이는 그 애가 매장 앞에서 얼쩡거리는 모습을 서너 번이나 본 것이다. 처음엔 관광 중인가 보다 하고 신경 쓰지 않았는데, 두 번, 세 번 보게 되니까 이제 좀 이상한 느낌이 들기 시작하는 거다. 왜 이 동네를, 그것도 여기 몰 주변에 자꾸 나타나는 건지. 신발이나 뭔가를 사려고 오는데 영어를 잘 못해서 망설이고 있나? 아니면 나를 보고 수줍어서 가게 안으로 들어오질 못하고 주춤대는 건가? 그게 아니면, 혹시, 나를 좋아한다거나 스토킹하는 중?

집에서 마주치게 되면 물어보려고 마음먹고 있었는데, 내가 집에 가면 그 아이는 분명히 2층 자기 방에 있는 것 같긴 한데 절대 1층으로 내려오거나 방문을 열어 보지도 않는다. 마치 나를 피해 꽁꽁 숨어 있는 것 같은 느낌. 으, 이상한 애야.

그런데 오늘은 드디어 가게로 들어왔다.

이번 주에 파는 것은 가짜 브랜드 운동화인데 그 아이가 산처럼 쌓여 있는 운동화들을 뒤적이며 신어 보기도 하고 얼쩡거리며 왔다 갔다 하고 있었다. 나도 이제 딱 보면 물건을 사려고 들어온 손님인지, 살 마음은 없고 그냥 보기만 하려는 손님인지 감을 잡을 수 있게 되었는데 그 애는 살 생각이 전혀 없었다. 사지도 않을 거면서 물건이나 헤집고 다니는 사람은 고객이 아니니까 관심 줄 필요 없다. 모른 척하고 있는데 그 아이가 내 눈치를 살피면서 슬금슬금 다가오더니 갑자기 인사를 하며 말을 걸어왔다.

"헤이, 안녕, 미아."

"하이."

"여기서 이렇게 우연히 만나다니, 깜짝 놀랐네."

흠, 연기가 너무 어설퍼서 맞장구쳐 주기도 싫다. 쯔쯔.

"아직 내 이름 모르지? 난 타쎄오야."

"타쎄오?"

"호호, 원래는 타쎄오가 아니지만 여기서는 타쎄오라고 하려고."

무슨 소린지. 하여간 애가 영 바보스럽다.

"너 여기서 일하는 거야?"

"응. 파트-타임 잡이야."

"우와, 그렇구나. 흐흐흐."

그런데 그때 수지 언니가 내 옆을 지나가다가 나와 얘기를 하고 있는 타쎄오를 보더니 우뚝 멈춰 서서 타쎄오를 흘끗거리다가 나를 봤다가 다시 타쎄오를 흘끗거렸다. 이 언니가 지금 애를 내 남자 친구로 오해하는 거 아니야?

"언니. 애는 내 이웃 타쎄오야. 인사해. 여기는 내 친구 수지 언니야."

타쎄오가 어벙한 표정으로 수지 언니에게 꾸벅 인사를 하더니 내게는 손까지 흔들어 인사를 하고는 이유도 없이 흐흐 웃으며 매장을 나갔다. 저거 봐, 역시 운동화 안 사고 그냥 가잖아.

그런데 수지 언니가 눈을 반짝이며 다가와 말을 했다.

"쟤가 어떻게 너랑 이웃이야?"

나는 관심 없음을 표시하기 위해 어깨를 으쓱하며 시큰둥하게 대답했다.

"여행 왔대. 우리 옆집에 방 하나를 빌렸다던데."

"여행? 누구랑? 아빠랑?"

"글쎄, 혼자 온 거 같던데?"

"진짜? 쟤 이름이 뭐라고? 나 쟤 아는데."

"언니가 타쎄오를 안다고?"

"이름은 모르겠지만, 쟤 영화에 나왔었어. 쟤네 아빠가 영화감독이거든."

그러고 이어서 들은 얘기는 나에게 조금 충격이었다. 그러니까 타쎄오가 입양아라는 것이다.

타쎄오의 아빠는 어느 날 '베이비 박스'에 (아기를 키울 수 없는 부모가 아기를 버리고 갈 수 있게 만들어 놓은 상자. 한국에는 이런 상자가 있다고 언니가 설명해 줬다.) 버려진 아이들에 대한 다큐멘터리를 찍다가 역시 버려진 아이 하나를 만났다. 영화를 찍는 기간 동안 알 수 없는 감정으로 아이와 깊이 맺어진 감독은 결국 아이를 입양하기로 했고, 영화가 상을 받으면서 타쎄오의 이야기는 더 유명해졌다.

"그 영화가 굉장히 담담한데 보고 나면 마음이 너무 씁쓸해지면서 거기 나왔던 애기들 눈빛이 계속 생각나고 그렇거든. 한참 전에 본 건데도 아직도 생생하다."

"얼마나 오래된 영환데? 애기 때라면 지금쯤은 얼굴이 많이 변해 있지 않을까?"

"쟤는 그렇게 애기가 아니었어. 유치원생인가 초등학생인가 하는 정도의 꼬마였어. 그리고 쟤가 턱에 커다란 점이 있잖아. 그 점 때문에 더 기억이 잘 나네."

언니 말이, 이름은 타쎄오 같은 게 아니고 평범한 이름이었는데 아마도 입양된 뒤에 다른 이름으로 바꿨을 거라고 했다. 하지만 얼굴에 엄지손톱만 한 점이 있는 걸 없애는 건 쉽지 않을 테니 자기처럼 눈썰미가 좋은 사람은 알아볼 수 있겠다고 했다. 수지 언니 말이 맞을 거 같다.

"그런데 잘됐다. 영화 찍다가 감독한테 입양되더니, 이렇게 해외여행까지 다니고. 사랑받으면서 잘 사는가 본데? 애가 운이 좋네."

수지 언니는 흐뭇하게 웃었지만 나는 어쩐지 그리 개운한 마음은 아니었다. 아무 기억이 없는 갓난아기 때도 아니고 제법 커서 입양이 되었으니 모든 히스토리를 다 알고 있을 텐데, 태어나자마자 버려졌다는 게 쉽게 지워질 만한 일은 아니지 않나. 더군다나 나에겐 즐거운 얘기가 아닌데 영화로 만들어져 온 세상 사람들이 알고 있다니 너무 불편할 거 같다.

그리고! 이제 보니 나한테 완전 거짓말을 했다. 부잣집에서 팔자 좋게 자란 철없는 왕자님 행세를 해 놓고서. 뭐, 이해가 안 되는 건 아니다. 잘 알지도 못하는 사람에게 자신의 모든 히스토리를 다 털어놓을 필요는 없으니까. 어쩌면 내가 혼자 오해를 한 부분이 있는 것 같기도 하고.

애가 웃기지도 않는데 계속 바보처럼 헤헤헤 웃고 다니더니, 그게 무언가를 감추고 숨기기 위해 괜히 그런 건지도 모르겠다는 생각이 들었다. 입맛이 씁쓸하다. 나 역시 거짓말을 밥 먹듯이 하는 사람으로서, 거짓말이라는 껍데기 안에 진실이 꽁꽁 숨어 있다면 굳이 그걸 까발려서 괴롭히며 바로잡아 줄 필요 없다고 생각한다. 아무에게 피해를 주지도 않고 다만 한 사람의 짐스러운 마음에 아주 약간 힘을 보태 줄 뿐인 거짓말이라면 뭐가 나쁘냐 말이다.

그러거나 말거나. 내가 지금 남 걱정해 줄 처지는 아니다. 언니 말처럼 좋은 집에 입양되어 행복하게 살고 있으니 운이 좋다는 말이 맞을지도 모른다.

나야말로 엄마에게 버림받았다. 그래도 진작 베이비 박스 같은 데에 버리지 않고 힘들게 데리고 살면서 이만큼 키워 준 건 대단히 고마운 일이라고 해야 하나.

수지 언니에게 들은 타쎄오 얘기 때문인지, 근무 시간에 수다 떨고 놀았던 만큼 남아서 매장 정리 다하고 가라는 점장 때문인지 기분이 가라앉고 우울해졌다.

요즘 들어 한 번씩 꿀꿀한 마음이 허리케인처럼 휘몰아쳐 올 때가 있다. 그런 때는 정말이지 나에게는 좀 안 어울리게 '죽고 싶다'는 생각마저 든다. 정말로 죽고 싶은 건 아니고 그냥 '죽고 싶다'는 문장이 머릿속에서 또는 가슴속에서 네온램프처럼 딸깍 불이 켜지며 떠오르는 거다. 어둑한 곳에 갑자기 불이 딸깍 켜지면 깜짝 놀라 바라볼 수밖에 없다. 하지만 씩씩하고 똑똑한 나는 얼른 다시 생각하는 거다.

'내가 죽긴 왜 죽어. 세상에 아직 못 먹어 본 맛있는 것들이 얼마나 많은데. 하나라도 더 먹어 봐야지. 암.'

그러고선 가까운 알디나 리들에 (Aldi, Lidl. 영국에 있는 수퍼마켓 중 저렴하다고 알려진 곳) 들어가 과자나 아이스크림 코너를 살펴보다가 평소 좀 비싸다 싶어서 못 먹었던 것들, 예를 들면 매그넘 아이스크림 같은 것을 사 버린다. 그러고는 과감하게 먹어치우는 거다. 그래 봤자 5파운드도 안 되는 것들이지만.

오늘도 그런 마음으로 유기농 초코쿠키 한 통을 사 들고 집으로 왔다.

현관문을 열고 집 안으로 들어서는데 이모가 날 기다리고 있었던지 주방 쪽에서 빠르게 걸어 나왔다. 오늘은 돈 주는 날도 아닌데 왜 온 거지? 그런데 이모 표정이 심상찮다.

"너, 어디에서 오는 거야?"

"파트-타임…."

아차. 이모는 내가 헤어 쉬고 아르바이트만 하는 거 아직 모르고 있지.

"너 헤어 학원, 학교에서 연결해 준 위탁교육이라 하지 않았어?"

"어, 맞아."

"그런데 왜 안 다녀?"

"어…."

"헤어 일이 마음에 안 들어? 다른 거 배우고 싶은 거 있어?"

"아니야. 나 헤어 잘해. 선생님이 잘한다고 했어."

"그런데 왜?"

"팔이 아파서 쉬고 있는 거야."

아프다 하면 걱정하면서 물어봐 줄 줄 알았는데 이모는 조금도 관심이 없다. 내가 엄살 피거나 변명한다고 생각하는 것 같다. 난 약한 척 엄살 피거나 불쌍한 표정으로 변명하는 걸 너무 싫어해서 차라리 싸가지 없게 굴거나 일부러 더 센 척하는 사람이다. 그래서 욕 처먹는 경우도 많은 타입인데, 이모가 그런 걸 알 리가 없지.

"지금 어디에서 오는 거야?"

"파트-타임으로 일을 좀 하게 됐거든."

"무슨 일?"

"식당이랑 쇼핑몰이랑."

이모 표정이 갈수록 안 좋아지는 거 같아서 나는 일부러 오버하면서 너스레를 떨었다.

"쉬는 동안 공부 삼아 하는 건데 이게 또 은근히 적성에 맞고 괜찮더라고. 다양한 경험을 쌓아서 나중에 가게를 차려도 좋을 것 같아."

그러자 갑자기 이모가 소리를 질렀다.

"너, 엄마처럼 되고 싶어서 그래?"

"?!"

"니네 엄마가 어떤 사람인지 알잖아. 아무 생각도 없고 미래에 대한 계획도 없이, 오직 오늘 하루만 사는 사람. 주변에 온갖 민폐만 끼치면서!"

"이모…."

"너, 엄마가 한국에서 결혼하고 너 낳아서 살다가 이혼하고 여기 온 줄 알지? 아니야. 니 엄마는 결혼 한 적 없어. 한국에서 사기 치고 갈 데 없으니까 나만 믿고 여기까지 온 거고, 그런데 와 봤더니 나도 너무 힘들게 공부하면서 살고 있으니까 엉겨 붙을 수가 없어서, 그래서 혼자 이 일 저 일 하다가 한인식당에서 만난 남자랑 너 낳은 거야. 그런데 그 남자가 한국 들어가는데 같이 갈 수가 없으니까 너 빌미로 자꾸 연락하고 생활비 뜯어내면서 살다가, 그 남자 결혼한다니까 또 다른 남자랑 몰래 한국에 들어가서…."

언제나 냉정하고 도도한 표정과 태도를 잃지 않던 이모가 눈물이 그렁그렁해서 소리를 지르다가 말을 멈추고 눈물을 삼킨다. 조카인 내가 가여워서 나오는 눈물인지, 언니인 우리 엄마가 너무나 싫고 끔찍해서 나오는 눈물인지 알 수가 없었지만.

내 심경에 대해 말할 것 같으면, 엄마야 뭐, 원래도 싫었기 때문에 몰랐던 히스토리를 알게 되었다 해서 특별히 더 싫어지고 말고 할 것도 없었다. 다만 놀라운 사실은, 그러니까 내가 코리안이 아니라고? 내가 영국에서 태어난 영국인이라고? 그리고. 아빠라는 존재가 세상 어딘가에 있기는 하겠지만 진즉에 끝난 인연이라고 생각하고 있었는데 엄마는 계속 연락하고 지내 왔고, 그쪽에서도 나에 대해 알고 있었던 거야? 나에 대해 알고 있는데 그저 나를 원하지 않았던 거구나.

그러고 싶은 마음은 요만큼도 없었지만, 그래도 혹시 내가 한국말을 좀 배우고 엄마가 자리를 잡아 나에게 연락을 해 준다면 한국에 가서 살 수도 있을 거라 생각한 적이 있었다. 한국에 가면 동양인이라고 차별 받을 일도 없고, 그깟 영어 좀 하는 것만 가지고도 괜찮은 일자리 구하고 잘 살 수 있다니까 희망도 좀 있는 것 같았다. 하지만 이제 그런 건 절대 있을 수 없는 일이라는 느낌이 들었다.

물론 한국에 못 갈 건 없다. 영국 국적이든 한국 국적이든 상관없이 비행기 티켓만 사면 어디든 갈 수 있다. 내 말은, 내가 여기 영국에서 사는 게 팍팍하고 힘들어도 한국에 가면 한국은 나를 포근하고 따뜻하게 안아 줄지도 모른다는 낭만적인 꿈같은 게 있었는데, 난 그런 거 관심 없다 했었지만 그래도 한국이 나의 마지막 보루라거나 하는 마음 요만큼은 있었는데, 그런데 그게 지금 완전히 박살나 버렸다는 얘기다.

조금 안 맞는 비유일 수도 있겠지만, 내가 삭막한 무인도에서 혼자 물고기도 잡고 열매도 낑낑 따먹으면서 열심히 살아가고 있었는데, 외롭고 힘들어도 꾹 참고 열심히 살았던 이유가 사실은 내가 바다 건너 아름다운 마을 성주의 숨겨 둔 딸이라서 그런 거였다. 언젠가는 신분을 드러내고 거기로 가게 될 거라는 기대가 나에게 힘을 주었던 거였다. 그런데 어느 날 나무 꼭대기에 올라가 열매를 따다가 보니 바다 건너 마을에 엄청난 핵폭탄이 떨어져 마을은 흔적도 없이 사라졌고, 나는 이곳에서 계속 혼자 열심히 살아가야 한다는 걸 알게 된 거다.

달라진 건 없다고 말할 사람이 있을지 모르겠는데 내 느낌엔 엄청나게 커다란 무언가가 달라졌다.

어쩌면 엄마가 나를 버린 게 아니라 그냥 여기에 놓아 두고 간 건지도 모르겠다. 엄마는 엄마가 있어야 할 곳으로 갔다. 그리고 내가 있어야 할 곳은 그냥 여기다. 나는 한국에 갈 수도 없고 가서도 안 된다. 엄마도, 아빠라는 존재도, 내가 한국에 나타나는 것을 원하지 않는다. 나는 갑자기 그걸 알게 되었다.

다시 냉정함과 우아함을 되찾은 이모가 나를 플랫 방에 남겨 두고 자기 갈 곳으로 돌아갔다. 가기 전에 한 가지 더 내 인생의 비밀을 알려 주었다.

"그리고 너, 열일곱 살 아니야. 열여섯 살이야. 니네 엄마가 너 데리고 있기 힘들다고 여섯 살에 학교 보냈어."

역시 그렇구나. 어쩐지 다른 애들보다 가슴도 작고 성장이 느리더라니.

어쩌면 나한테 조금쯤 밝은 기운이 불어오는 이야기도 하나 해 주었다.

"헤어 디자이너가 아주 싫은 게 아니라면 성실하게 배웠으면 좋겠어. 너가 착실하게 자기 몫 해내고 있으면 내가 파비오한테 니 얘기 해 볼 수도 있잖아. 그래서 몇 년 간만이라도 우리 집에 들어와서 살면 너도 좋고, 나도 지금보단 맘 편할 거 같고."

냉정한 이모가 저런 얘기를 해 주어 놀라면서도 조금쯤 위로가 됐다. 하지만 이모 집에 들어가서 살게 될 거라는 희망을 품지는 않

는다. 내 인생이 로맨스 판타지물은 못 되더라도 일상 시트콤 정도
는 되기를 바랐는데 이제 보니 난 아주 그냥 블랙 코미디였다. 좋은
일이 있을 리가 없다. 내 인생은 개새끼, 개새끼.

🛫 명랑한 런던 여행을 위한 팁 by 미아

나는 쇼핑에 대해 아는 게 없는데요? 런더너라고요? 그런 단어가 있
었군요. 뉴요커, 파리지엔, 그리고 런더너라. 하, 그렇게 부르면 뭔가
그럴싸한 느낌이 드는지 모르겠지만 단지 이곳에서 태어났기에 어쩔
수 없이 살고 있을 뿐, 돈도 없고 부모도 없는 나 같은 사람에게 런더
너라거나 쇼핑이라거나 하는 건 동화책에 나오는 단어 같습니다. 뭐,
어쨌든 아는 대로 얘기해 볼게요.

일단 런던에서 쇼핑을 하기에 최고의 장소는 단연 해로즈(Harrods)
백화점입니다. 전철 킹스브리지역에서 내려 조금만 걸어가면 보이는
황금색의 화려한 건물이지요. 가 봤냐고요? 멀찍이서 본 적은 있습니
다. 옥스퍼드 스트릿도 쇼핑하기 좋은 구역입니다. 여긴 가 본 적 있는
데, 말도 안 되게 비싼 옷들이나 가방, 구두를 파는 가게들이 줄지어
있는 곳이지요.

저는 뭐, 그런 데에서 잠시 낭비할 돈이면 아프리카의 아이들이 한
달을 살 수 있다거나 하는 얘기를 좋아하진 않아요. 아프리카의 아이
들과, 해로즈나 옥스퍼드 스트릿에서 쇼핑하는 사람들을 굳이 나란히

놓고 비교할 수는 없는 거니까요. 세상은 원래 불공평한 곳이잖아요. 하지만 살고 죽는 것, 진심으로 행복한가 아닌가… 같은 거창한 의미 앞에선 꽤 공평한 경우도 있더라고요. 뭐, 그런 걸 느낀 적이 있었어요.

애니웨이. 저는 주로 옥스팜(oxfam)이나 채리티샵(Charity shop) 같은 자선, 리사이클 가게에서 쇼핑을 해요. 보물창고를 뒤지는 것 같은 기분도 들고, 가끔씩은 진짜 보물처럼 괜찮은 것을 말도 안 되게 싼값에 살 수도 있거든요.

요즘 저는 피카딜리서커스역 근처의 쇼핑몰에서 아르바이트를 하고 있는데요. 이 쇼핑몰은 어떤 카테고리에 정리를 해야 할지 정체가 불분명한 곳이에요. 의류에서 가방, 액세서리, 화장품 등 그때그때 파는 것이 달라지거든요. 명품까지는 아니지만 꽤 값이 나가는 브랜드 명을 붙이고 있는데 제가 보기엔 모두 짝퉁이 분명하지요. 그런데도 이곳에서 열심히 쇼핑을 하는 사람들이 꽤 많아요. 그중에는 여행 온 코리안도 상당합니다. 물건들을 싹 다 뒤엎어 헤집어 놓고는 그대로 가 버리는 사람도 있지만 몇 개씩 골라 들고 좋아라 하는 사람도 있어요. 한국에는 번듯한 쇼핑몰이 없나 봐요?

여행을 해 본 적이 없어서 잘 모르겠지만, 제가 어딘가 여행을 가게 된다면 그곳을 느끼고 마음으로 즐기는 것만으로도 충분히 멋질 것 같아요. 여행과 쇼핑이 밀접하게 관련이 있다는 걸 사실은 잘 이해하지 못하겠습니다.

5
살아 돌아온 날

미아에게는 (아마도) 런던에 살고 있는 이모가 있다. 분위기로 보아 부자인 거 같다. 나에게는 런던에서 자동차로 한 시간쯤, 전철을 갈아타며 간다면 두 시간 가까이 걸리는 곳에 외삼촌이 있다. 외삼촌은 삼성전자에 다니고 외숙모는 주부, 나보다 한 살 어린 사촌동생 진영이도 있다. 부자는 아닐 거 같다.

어젯밤에 외삼촌한테서 전화가 왔다.

"태서야. 외삼촌 출장 갔다가 오늘 집에 와서 이제야 전화했다."

외삼촌은 워낙에 태도가 자상하고 성격도 명랑한 좋은 사람이다. 어렸을 때, 친척들과 다함께 만나는 명절날이면 나는 엄마 아빠보다도 외삼촌을 더 의지하고 껌딱지처럼 붙어 다녔다. 2년 전, 외삼촌의 회사 일로 가족 모두 영국으로 옮겨 가게 되었다는 소식을 처음 들었을 때, 나는 말은 안 했지만 꽤 충격을 받았고 혼자 속으로 아주 오랫동안 슬프고 허전했다. 이번에 런던에 와서도 제일 먼저 외삼촌한테 연락하고 만나고 싶었는데 하필이면 프랑스로 출장을 가셔서 (그 참에 외숙모랑 진영이도 같이 파리 여행을 했다고 한다.) 이제야 연락이 된 거다.

"런던 구경 많이 했어?"

"네. 뭐, 런던 가이드 해도 될 정돕니다. 흐흐."

오랜만에 연락을 했더니 좀 어색하기도 하다. 예전에도 외삼촌에게 존댓말 했던가?

"외삼촌 외숙모도 만나 봐야지. 진영이도 태서 형 보고 싶다 그러는데."

"불러만 주시면 제가 언제든 가겠습니다. 쑝. 흐흐흐."

나도 모르게 자꾸만 말도 안 되는 개그를 하고 있다. 미치겠네.

"외삼촌이 데리러 가지 않아도 되겠어? 혼자 올 수 있겠어?"

"아유, 그럼요. 영국이 대중교통이 아주 잘돼 있네요. 어디든 갈 수 있겠어요."

"짜식. 넉살은 여전하네."

외삼촌은 당장 내일부터 이번 주에 진영이가 시간이 있다며, 이틀 정도 지낼 수도 있으니 가방을 적당히 챙겨서 오라고 했다.

외삼촌네 집은 전철을 타고 패딩턴역으로 가서 거기에서 다시 40

분 정도 기차를 타고 가면 되는 곳에 있다. 예전에 사진으로 본 적 있는데, 런던하고는 분위기가 많이 다른, 소박하고 조용하게 살기 좋은 동네인 것 같았다.

"코니까지만 와. 외삼촌이 코니역에 차 가지고 마중 나가 있을게."

"넵. 쌩유베리감사."

"그건 또 뭐야? 영어랑 한국어 짬뽕이야? 하하하."

그리하여 나는 지금 패딩턴역에 서 있는 것이다.

런던에 도착해서 보름이 넘도록 전철만 타고 다녔는데도 아직 가 보지 않은 재미있는 이름의 역이 많이 있었다. 패딩턴도 오늘 처음 와 보는 곳이고, 워털루, 카나리 워프 같은 데도 어디선가 들어 본 적 있는 명칭이지만 가 본 적은 없는 곳이다.

하긴 서울에서도 내가 주로 타고 다니는 버스는 한두 개, 자주 다니는 전철역도 몇 개로 한정되어 있었다. 응암, 연신내, 구파발… 이쪽 동네는 내 손바닥 안이지만 강남, 양재, 서초 같은 남쪽 동네에는 가 본 적 없는 것 같다. 그런 내가 지금 런던 전철표를 펼쳐 놓고 동서남북을 전부 살펴보고 있으니 이건 뭐, 완전 출세한 거지.

패딩턴역은 지하철과 국철이 서로 연결되어 있는 곳으로 곳곳에 그 유명한 패딩턴 곰 동상이나 장식물들이 있고 열쇠고리 같은 기념품도 팔고 있는 예쁜 역이었다. 뚱뚱하고 목 짧고 다리 짧은 패딩턴 베어의 모습이 원호를 쏙 빼닮아 사진이나 찍어서 보내 주려고 기웃대고 있을 때였다. 기름에 튀긴 도넛과 시나몬 가루가 뒤덮인

츄러스 냄새를 흠흠 들이마시고 있었던 것 같기도 하다.

갑자기 고막이 터질 듯 커다랗게 펑! 소리가 났다.

나는 아주 잠시 동안이지만 정신을 잃고 앞으로 고꾸라졌다. 무릎을 꿇은 자세로 납작하게 웅크리고 있다가 잠시 후 독한 냄새가 느껴지며 간신히 정신이 되돌아 왔다. 그런데 이번에는 눈이 따가워 제대로 뜰 수도 없었다. 코와 목구멍으로도 매캐한 연기가 밀려 들어 오고 있었다. 화생방 훈련이라는 걸 해 보지 않았지만 이것과 대충 비슷할 것 같다. 눈물이 줄줄 나오고 코에서는 피가 나오는 줄 알았는데 그냥 콧물이었다. 눈물, 콧물이 솟구쳐 손으로 문질러 닦으니 눈구멍과 콧구멍이 너무나 쓰라리고 아팠다.

팔뚝으로 코와 입을 감싸 막으며 주위를 둘러봤다. 뿌연 안개 같은 게 꽉 차서 더욱 몽롱한 기분이 들고 바로 앞도 제대로 보이지 않았다.

뭔지는 모르지만 굉장히 큰일이 났다는 건 알 수 있었다. 내가 여기서 죽는 건가. 엄청난 공포가 밀려들었다. 너무나 거대한 공포가 가슴을 꽉 막아서 숨을 쉬는 것도 힘들었다. '살고 싶다. 살아야 한다.'는 목소리만 머릿속에서 울려 퍼졌다.

죽기 전에 지나간 인생이 파노라마처럼 스쳐 지나간다는 얘기를 들은 적 있었지만 내겐 그럴 정신도 없고 여유도 없었다. 그저 부옇고 시커멓고 두툼한 공포가 눈앞에 꽉 차 있을 뿐이었다.

귀마개를 꽂은 듯 멍-하던 것이 갑자기 확 걷히며 시끄럽고 혼잡

스러운 소리들이 들려오기 시작했다. '영어로 된' 아우성들.

평소에 얼굴을 마주 보며 차분히 대화를 해도 못 알아듣는 게 많은데 이렇게 난리가 난 상황 속에 사방에서 쏟아내는 울부짖는 영어로 된 말들을 듣고 있으니. 이건 나에게 말이나 정보라기보다는 그저 '시끄러운 소리'일 뿐이다.

뭐지? 뭐지? 무슨 일이래요? 어떡하지? 도와주세요. 헬-프, 헤엘-프.

나는 알아듣지 못하는 시끄러운 소리들 속에 내 소리가 묻힐까 두려워서 있는 힘껏 비명을 질렀다.

그때 누군가가 내 손을 꽉 잡았다. 깜짝 놀라 돌아보니 키가 크고 뚱뚱한 백인 아줌마였다. 주위에 몇몇 사람들이 서로서로 손을 잡고 허공을 더듬어 가며 출구 쪽으로 나가려고 하는 것 같았다. 아줌마가 나를 향해 뭐라고 소리치고 있었다. 제대로 알아들을 순 없었지만 '침착해. 용기를 내자. 하나님이 도와주실 거야. 밖으로 나가야 돼. 앞이 잘 안 보이니 조심해.' 이런 말들이었던 것 같다.

사실은 무슨 말인지 전혀 알아듣지 못했다. 하지만 그냥 그렇게 생각하고 눈물을 줄줄 흘리며 열심히 고개를 끄덕였다.

아무 말도 못한 채 내 손을 잡은 아줌마의 손 느낌만 의지하여 걸어간 시간이 몇 시간은 된 것만 같다. 하지만 나중에 생각해 보니 거리로 치면 몇십 미터도 되지 않은 짧은 거리였다. 아마도 몇 분밖에 되지 않았을 텐데 그때 나로서는 끝나지 않는 길을 걸어가고 있는 것만 같았다. 어둡고 부연 회색으로만 마구 칠해진 끝도 없는 우주 안을 발발발 기어 다니는 개미가 된 것 같은 기분.

어쨌든 그렇게 헤매다가 천만다행 드디어 역 바깥으로 나왔다.

거기도 아수라장인 건 비슷했지만 소방차가 보이고 경찰들이 보이고 하늘에 구름까지 보이니 '이제 살았다.'는 안도감이 들었다.

털썩 땅에 주저앉는 나를 누군가가 잽싸게 부축하여 구급차로 데려갔다. 정신없이 무슨 말을 걸며 눈꺼풀도 까 보고 옷도 들춰 보고 야단을 하는 것 같았다. 내가 그냥 멍하게 있으니 산소마스크 같은 것을 씌워 주고 침대에 눕혀 주었다. 그러고는 어디론가 달려갔다.

사이렌 소리. 호각 소리. 경적 소리. 엄마가 아이 이름을 소리쳐 부르는 소리. 어린아이들의 울음소리. 무서운 소리. 무서운 소리.

난리 통의 모든 소리가 다 들려오는 구급차 안 조그만 침대에 누워 있는데 너무 무서워서 몸이 덜덜덜 떨렸다. 그러면서도 '난 이제 살았어.' 하는 목소리가 가장 크게 왕왕 내 머릿속을 울리면서 들려왔다.

얼마큼 시간이 지났을까. 까무룩 잠이 들었던 건지 비몽사몽 누워 있다가 문득 기척이 느껴져 눈을 떴다.

고개를 조금 들고 돌아보니 옆에 있는 작은 침대 위에 어떤 아줌마가 꼬마를 품에 안고 토닥이고 있었다. 너덧 살쯤 되어 보이는 아이였다. 서양 꼬마들의 동그랗고 볼록한 뒤통수에 금발 머리칼이

고불거렸다. 아이는 별로 다친 데도 없고 멀쩡해 보였는데 엄마는 머리칼에 잿더미 같은 것을 뒤집어쓰고 한쪽 눈썹과 이마에 넓적한 거즈를 붙이고 있었다.

내가 쳐다보는 것을 느꼈는지 엄마가 내 쪽을 바라보더니 말했다.

"괜찮아?"

나는 대답을 하려다 그제야 아직도 마스크 같은 게 얼굴에 덮여 있는 걸 알고 고개를 끄덕였다. 그러면서 손을 뻗어 마스크를 간신히 잡아 떼었다.

"괜찮아요?"

"응. 우리도 괜찮아."

눈이 동그랗고 귀엽게 생긴 아이가 고개를 돌려 나를 보더니 엄마에게 말했다.

"엄마. 저 사람은 누구야?"

"우리랑 같이 패딩턴역에서 빠져나온 사람이야."

그 말을 듣는 순간 내가 방금 엄청난 재난을 뚫고 살아 나왔다는 게 느껴지면서 다시 한 번 부르르 몸서리가 쳤다. 온몸이 뻐근하고 묵직하게 아파 오는데 동시에 뭔가 설명하기 어려운 감동이랄까, 뿌듯함이랄까 하는 것도 울컥 솟구쳤다. 그래, 나 방금 패딩턴역에서 빠져나온 사람이야.

그 이후에 집에 오기까지의 일들은 마치 내가 직접 겪은 일이 아닌 것처럼 아득하게만 느껴진다.

제대로 알아듣지도 못했지만, 병원에 가 봐야 한다는 간호사인지 경찰의 말에 고개를 저으며 무작정 구급차에서 내렸다. 우리나라 같았으면 이참에 구급차에 실려 응급실에도 가고 친구들에게 연락도 하고 난리를 쳤겠지. 하지만 말도 잘 안 통하는 이곳에서 그러고 싶지는 않았다. 귀가 좀 심하게 멍하고 목구멍이 따갑긴 했지만 이 난리에 이 정도로 멀쩡한 게 어딘가.

패딩턴역 주변은 그야말로 티비에서나 봤었던 재난 상황이었다.

다행히 역이 폭삭 무너지거나 불이 나거나 한 건 아닌 것 같았다. 하지만 역 안에서 회색 연기가 꾸역꾸역 퍼져 나오고 있었다. 구급차, 소방차, 경찰차에 이어 언제 왔는지 방송국 차량과 카메라를 둘러멘 기자들까지 뛰어다니고 있었다. 역에서 몇 미터 떨어진 곳에 줄을 둘러 놓고 들어가지 못하게 하고 있었는데, 줄에 매달리다시피 달라붙어 안쪽을 향해 누군가의 이름을 소리쳐 부르는 사람들도 많이 있었다.

나는 그저 한시바삐 끔찍한 이곳을 떠나고만 싶었다.

어디로 가야 되는지도 모른 채 무작정 걷고 또 걸었다.

삼십 분쯤 되었나? 한참을 걷다 보니 문득 정신이 들었다.

그제야 주위를 둘러보니 어디에 무슨 일이 있었냐는 듯 조용하고 평범한 일상. 그 속에서 허위적허위적 걷고 있는 나를 볼 수 있었다. 이곳은 조금 전 그곳과는 전혀 다른 세상이었다. 세상에, 이럴 수가 있나. 나는 길가 벤치에 털썩 앉아 멍하니 앞을 바라보고 있었다.

여기에서 멀지 않은 곳에서 폭발사고인지 테러인지 하여간 난리가 났다는 걸 아무도 모르는 건가. 사람들은 핸드폰을 보면서, 커피를 마시면서, 무슨 중요한 일이 있는 듯 바쁘게 길을 가고 있었다. 이거 봐요, 내가 방금 패딩턴역에서 빠져나왔다고요. 거기에서 무슨 일 있었는지 알아요?

왠지 모르겠지만 갑자기 세월호 생각이 났다. 거기에서 빠져나온 애들은 아주 오랫동안 트라우마에 시달리며 잠도 제대로 자지 못했다던데. 그런 일을 겪은 사람들은 다 심리치료 받아야 한다던데. 하지만 지금 나는 어쩌면 교통사고를 당한 것보다도 가벼운 일을 겪은 셈이다. 살면서 식겁한 일 한 번쯤 안 당하는 사람이 있겠나. 게다가 나는 태어났을 때부터 여러 가지로 파란만장했으니까 면역이 돼서 이 정도는 괜찮아. 괜찮을 거야.

주위가 차분하고 평범하게 흘러가고 있으니 내 마음도 조금씩 평정을 되찾는 것 같았다. 시간을 보니 한국은 지금 새벽 3시쯤.

형은 아직 깨어서 공부하고 있을지도 모르는데 카톡이라도 보내볼까? 아차, 형 카톡 없지. 엄마 목소리 듣고 싶고, 아빠하고 아무 얘기라도 나눠 보고 싶었지만. 아니야, 대단히 큰일이 난 것도 아닌데 괜히 다들 잠 깨울 필요 있나, 뭐.

4학년 때 축구를 하다가 이마가 조금 찢어진 적 있었다. 그때 마침 엄마는 학교 임원들 수련회 때문에 강원도에 가 있었는데 축구부 선생님한테서 연락을 받고는 미친 듯이 차를 몰아 두 시간 만에 병원으로 와 주었다. 부분 마취를 하고 간단한 수술을 마치고 나니 엄마가 복도에 서 있어서 깜짝 놀란 기억이 난다. 우리 엄마가 그런 사람이었다. 엄마가 지금 나 이러고 있는 거 알면 깜짝 놀라서 막 울지도 몰라.

우리 태서, 힘내라, 엄마 목소리가 들려오는 것 같았다. 잘할게요, 엄마. 혼자 속으로 말해 보며 벤치에서 일어서는데 다리가 휘청, 흔들리고 끙- 소리가 저절로 나왔다.

버스 정류장으로 가서 살펴보니 마침 집 근처로 가는 버스가 하나 있는 것 같았다. 평소에는 버스만 타면 2층으로 올라가 바깥 구경을 하면서 가느라 신이 났지만 오늘은 아래층에 콕 들어앉아 역 이름 나오는 방송만 귀 기울여 듣고 있었다. 빨리 집에 가고 싶어요.

그렇게 애타는 마음으로, 무거운 몸을 겨우겨우 끌고서 걸어가는데 바로 집 앞에서 누군가 내 어깨를 탁 쳤다. 사실 그리 세게 때린 것도 아니고 살짝 건드린 정도인데도 나는 그만 기겁을 하면서 놀라고 말았다. 으아악.

"아니, 왜 그렇게 놀라? 내가 더 깜짝 놀랐네."

미아였다. 기절초풍하며 몸을 움츠리는 나를 보고 미아가 더 놀란 표정이었다.

"아…."

"괜찮아? 뒤에서 가만히 따라가는 게 이상해서 이름을 불렀는데도 못 듣는 거 같기에…."

당황한 얼굴로 뭔가 변명을 하고 있는 미아를 보고 있으니 어쩐지 눈물이 나올 것 같았다. 잠시 머무르고 있을 뿐 진짜 우리 집도 아닌 이곳에 돌아온 게 정들었던 고향 집이라도 찾아온 것처럼 반갑고, 가족도 아니고 친한 친구도 아닌 미아를 만난 게 어릴 때 헤어진 친남매라도 다시 보게 된 것처럼 감격스럽다. 말도 안 통하고 아는 사람도 없는 런던에서 죽을 뻔한 사고를 겪고 간신히 살아 돌아와 같은 집에 사는 한국인 소녀를 만나니 괜한 감동이 솟구쳤나 보다. 미아를 누나라고 생각한 적은 없지만 '누나아아' 하고 불러 보며 끌어안고 엉엉 울고 싶었다. 하지만, 말도 안 되는 일이지. 나는 머리를 흔들며 정신을 차리려고 노력했다.

"무슨 일 있었어?"

"아무것도 아니야."

미아가 걱정스런 표정으로 나를 보며 현관문을 열고는 먼저 들어가라고 손짓을 해 주었다. 서울에 있는 우리 집하고는 아주 다르지만 그래도 이제 꽤 익숙해진, 내가 '외국 집 냄새'라고 이름 붙인 어떤 냄새가 몰려왔다.

내 방으로 올라가는 2층 계단이 보이자 목과 어깨에서부터 힘이 탁 풀리는 것 같고 "아, 살았다." 하는 말이 절로 나왔다. 미아가 나를 향해 뭔가 말하는 소리가 들렸지만 무슨 말인지 머리에까지 들어오질 않았다. 보자기 같은 것으로 단단하게 꽁꽁 싸매고 있던 마음이 헐렁하게 풀어지는 기분이 들고, 나도 모르게 큰 숨을 하아- 하고 쉬면서 허위적허위적 방으로 올라갔다. 그러고는 옷도 벗지 않고 그대로 침대에 쓰러져 기절한 듯 잠이 들었다.

몇 시간이나 지났는지 정신이 없는 중에 어디선가 전화 소리가 계속 들려와서 잠에서 깼다. 점퍼를 입은 채로 자고 있었는데 주머니 안에 있는 핸드폰이 울리는 소리였다.

"태서야. 왜 이렇게 전화를 안 받아?"

"아빠…."

"런던에서 폭동이 일어났다는데, 별일 없지?"

"어어."

"자고 있었어? 목소리가 왜 그래?"

"으응…."

"일찍 자네. 어디 몸이 안 좋아?"

"어, 아니야."

"외삼촌하고는 연락해 봤어?"

"어."

"외삼촌이 요즘 바쁜가 봐. 외삼촌 시간 있을 때 전화 올 거야."

"네."

"엄마 바꿔 줄까? 엄마가 뉴스 보면서 걱정 많이 했어."

"에헤헤, 저 괜찮아요."

"그래. 잘 지내고, 무슨 일 있으면 바로 연락해."

"네."

전화를 끊고 그대로 다시 쓰러져 컴컴한 방 안 침대 위에 누워 있다가 부스스 일어났다. 머리맡에 있는 스탠드를 켜고 시간을 보니 9:16. 한국은 낮 12시쯤이겠다.

핸드폰을 다시 열어 보니 아까 6시쯤에 외삼촌한테서 두 번, 7시쯤에 원호한테서 한 번 전화가 왔었다. 원호는 메시지도 남겼다. '아 유 오케이?'

바로 원호에게 톡 전화를 걸었더니 한참 만에 전화를 받는다.

"야, 별일 없냐?"

"당연히 별일 없지. 넌 왜 이리 전화를 안 받냐?"

"미친놈아, 수업 아직 몇 분 남았는데 뛰쳐나와서 받는 거야."

겨울방학 동안 고등 수학을 두 번 훑어보는 게 원호 어머니의 계획이라 요즘 원호는 많이 바쁘다.

"고생이 많다."

"폭동이 났다매? 괜찮아? 뉴스 보니까 장난 아니던데?"

"그래? 무슨 폭동이래?"

"몰라, 새끼야. 니가 알아봐. 지금 내가 너한테 그걸 알켜 줘야겠냐?"

"ㅎㅎㅎ"

"아우, 뭐 재밌는 일이 있나 해서 전화해 봤더니만. 에이, 끊어. 밥

120

먹으러 가야 돼."

"그래. 컵라면 맛있게 먹어라."

"됐어. 오늘은 도시락 사 먹을 거다."

전화를 끊고 나니 마음이 한결 푸근해지면서 비시시 웃음이 났다. 원호는 무슨 도시락 사 먹으려나. 제육볶음 도시락 사 먹겠지. 아, 나도 먹고 싶다.

그제야 나도 배가 고프다는 걸 느낄 수 있었다. 아침에 바나나 한 개랑 우유 한 잔 먹고 나가서 하루 종일 아무것도 안 먹었다. 내려가서 라면이라도 끓여 먹으려고 점퍼를 벗는데 옷에서 팔을 뺄 수 없을 정도로 어깨가 아팠다. 머리도 띵- 하게 막 흔들리고 온몸이 다 뻐근했다. 아이고. 몸살이 났나.

어기적대며 계단을 내려가 주방으로 가서 물을 끓이며 핸드폰으로 런던 폭동을 검색해서 찾아봤다.

'패딩턴역에서 폭동 일어나… 임금체불에 불만을 품은 노동자… 준비한 사제폭탄 두 개 중 한 개가 불발… 중경상을 입은 시민들 런던 시내 병원으로…'

동영상도 몇 개 있어서 눌러 봤는데 앞부분 몇 초만 봐도 가슴이 쿵쾅거리고 숨이 막히며 괴로워서 얼른 꺼 버렸다. 폭탄 하나가 불발이라 천만다행이다.

내 인생은 항상 이런 식이다. 태어나자마자 베이비 박스에 버려진 건 불행이지만 아빠를 만나 천만다행이었고, 런던까지 왔는데 하필이면 테러가 일어난 현장에 있었다는 건 불행이지만 살아 나와서 다행이다. 그러니까 뭐든지 감사한 마음으로 살아야 하는 거라고 예전에 교회 목사님이 말씀해 주셨다. 어린애가 너무 고민이 많고 안 좋은 생각을 자꾸 하면 키도 안 큰다고 하셨다.

물이 막 끓고 있는데 외삼촌 전화가 왔다. 왠지 통화가 길어질 것 같은 예감이 들어 가스 불을 끄고 얼른 내 방으로 뛰어올라가 전화를 받았다.

"네, 외삼촌."

"어휴, 태서야. 어디야? 별일 없어?"

외삼촌이 흥분한 목소리로 빠르게 말을 했다.

"네, 괜찮아요."

"지금 어디야?"

"집에 왔어요."

"집이라고? 패딩턴에 안 갔었어?"

"어, 그게, 가려고 했는데 뭔 난리가 났다는 거 같길래 오늘 못 갈 것 같아서 중간에 다시 집으로 왔어요. 헤헤."

"그래? 어휴, 다행이다. 난 혹시나 해서 계속 전화했는데, 무슨 일 생겼나 걱정했어."

"그러게요. 제가 빨리 전화 드렸어야 하는데 죄송해요."

"아니야. 오늘 외삼촌네 집에 와서 밥도 먹고 맥주도 한잔하면서 툭 터놓고 얘기 좀 하려고 했는데 아쉽네."

외삼촌 목소리가 갑자기 차분하게 가라앉아서 나는 몸이 딱딱하게 굳으면서 긴장하게 되었다. 이런 때에는 아무리 어색해도 바보같이 웃어 대면 안 되는 거야. 알지?

"얼마 전에 니 아빠랑 통화했거든."

나는 점점 더 할 말을 찾지 못하고 숨을 죽인 채 전화기에 귀를 꽉 갖다 붙였다.

"니 아빠도 고민이 많더라고. 너도 마음이 편하진 않을 거 같은데, 일단 나는 니 생각을 좀 들어 보려고 했지."

내 생각? 지금 내 생각을 말해 보라는 건가?

엄마하고 같이 사는 게 너무 어려워졌는데, 나에 대한 모든 스토리가 다 알려진 한국에서는 어떻게 할 수가 없다. '어떻게 할 수 없다.'는 건 다시 나를 파양할 수도 없고, 가족상담 같은 걸 받으러 다니기도 어렵다는 얘기. 그래서 고민하다 생각해 낸 방법이, '조기유학'이라는 명목으로 잠시 서로 떨어져 있어 보기로 한 것. 처음엔 가까운 동남아시아를 생각했지만 내가 뜬금없이 '런던'을 내뱉은 바람에 영국 유학에 대해 알아보게 되었다는 것.

자, 이것에 대한 나의 생각을 말해 보라는 건가? 그러니까 내가 지금 또다시 버림받을 위기에 처했다는 것에 대해 어떻게 생각하는지 말해 보라고?

내가 숨소리도 내지 않고 가만히 있으니까 외삼촌은 갑자기 하하, 웃더니 "전화로 할 얘기는 아닌 거 같다. 그치?" 하고 말했다. 그리고 패딩턴역이 언제 복구될지 모르니 조금 지켜보다가, 정 안 되면 다음 주말쯤 외삼촌이 런던으로 오겠다고 하고는 전화를 끊었다.

패딩턴역이라는 얘기를 듣는 순간 갑자기 머리에 징- 전원이 켜졌다. 엄마 문제보다도 지금 나에겐 패딩턴역 사건이 더 괴롭고 무섭다. 다시는 패딩턴역에 가고 싶지 않다는, 갈 수 없을 것 같다는 마음. 패딩턴역만이 아니라 모든 전철역이나 기차역이 다 무섭고 겁날 거 같은데, 어쩌지.

잠시 멍하니 앉아 있다가 배 속에서 꼬르륵- 소리가 나 정신을 차리고 1층으로 내려왔다. 라면을 끓이고 있는데 1층 방문이 열리더니 미아가 나왔다. 미아는 조금 주춤거리다가 주방으로 들어왔다.

"너, 괜찮아?"

"어, 괜찮아."

"…저기."

"응?"

"지난번에 우리 이모 만났다며?"

"아….."

"앞으로는 너한테 무슨 말을 물어도 다 대꾸해 줄 필요 없어."

미아가 말을 하다 말고 나를 빤히 보더니 손가락으로 내 머리 쪽을 가리키며 말했다.

"머리에 그게 다 뭐야?"

"으응?"

그제야 손으로 머리통을 만져 보니 버석거리는 모래랑 작은 알갱이 같은 것들이 머리칼에 뒤엉켜 있었다. 대충 털어내니 매캐한 냄새와 함께 허연 가루들이 날린다.

그러고 보니 아까 길을 걸어갈 때에도 그렇고 버스에 올라탈 때에도 사람들이 나를 자꾸 쳐다보더니만 이것 때문이었나.

"혹시, 오늘 거기 있었던 거야?"

"어, 그게, 내가 아까…."

오늘 나한테 무슨 엄청난 일이 있었는지 조금은 칭얼거리며, 어릴 때 애들이 엄마한테 뭘 일러바치는 것처럼 그렇게 다 말하고 싶었다. 하지만 어쩐지 목이 메어 와 말을 제대로 하지 못하고 침만 꿀꺽 삼켜 버렸다. 바보처럼 눈을 굴리고 있는 나를 지나쳐서 미아가 가스 불을 탁- 끄더니 냄비를 식탁 위에 올려 주고 젓가락도 챙겨 주었다.

"일단 먹어. 다 불겠다."

그대로 앉아서 무슨 맛인지도 모른 채 허겁지겁 라면을 먹었다. 미아는 맞은편 의자에 앉아 어디서 났는지 초콜릿을 꺼내 조금씩 부러뜨려 먹으며 아무 말이 없다.

이제 나도 라면을 다 먹었고 미아도 초콜릿을 다 먹었는데, 우리는 여전히 식탁에 마주 앉아 가만히 있다. 평소 같으면 내가 재치를 발휘해서 무슨 말이라도 했겠지만 오늘은 너무나 피곤하고 아무 생각이 안 나서 그냥 멍하니 있었다.

"괜찮아?"

마침내 미아가 입을 열었고 나는 그저 고개만 끄덕끄덕.

"거기 갔었어? 어디라더라? 패딩턴?"

끄덕끄덕.

"병원에 가 봐야 되는 거 아니야? 얼굴이 창백한데?"

"아니야. 괜찮아. 다친 데도 없는데 뭘."

"이런 건 돈 안 내도 될걸? 그냥 다 해 줄 거야."

"아니, 괜찮다구."

내가 좀 짜증을 내며 말을 해서 그런지 미아가 말을 멈추고 나를 가만히 바라봤다. 이 아이는 사람을 볼 때 눈동자를 빤히 본다. 왠지 어색해서 시선을 피하고 싶지만 그러는 것도 이상할 것 같아 아무렇지 않은 듯 나도 빤히 마주 보는데, 미아의 눈이 내 마음을 찬찬히 읽어 내려가는 것 같은 느낌이 든다. 뭔가 부끄럽기도 하고 이 상황이 불편하기도 해서 입을 열어 아무 말이나 내뱉기 시작했다.

"내가 원래 태어났을 때부터 재수가 좀 없었어. 그래도 어떻게 항상 잘 살아남아. 전체적으로는 운이 없는 편인데 결정적인 순간에 운이 좋은 편이랄까. 하하하."

미아는 살짝 웃는 듯 마는 듯하며 여전히 나를 빤히 보고 있다.

"런던은 아니고 여기서 좀 가까운 코니라는 데에 외삼촌이 살거든. 코니 알아? 가 봤어? 아주 좋은 동네야. 하여튼 외삼촌 외숙모가 나를 무지 이뻐하시고, 나도 일찌감치 외삼촌네 집에서 유학을 하는 건 어떨까 싶어서 알아보려고 가던 거였어. 어휴, 거기 기차역이 아주 이쁘고 멋있게 지어졌던데 다 망가졌겠다. 아! 사진을 몇 장 찍었는데, 미리 사진 찍어 두길 잘했네. 보여 줄까?"

"…괜찮아."

"그래? 어쨌든 오늘 외삼촌을 만나서 중요한 얘기를 했어야 하는데. 넌 모르겠지만 요즘 한국에서 대학 가려면 거의 죽음이야, 죽음. 나는 누구랑 경쟁하는 걸 싫어하는데 한국에서는 경쟁에서 살아남아야 대학도 가고 취직도 하거든. 그래서 차라리 여기서 공부하는 게 나을지도 모르겠어. 영어를 잘 못해서 문제지만. 크크."

미아는 여전히 아무런 표정 변화가 없다. 나는 더욱더 열심히 떠들어 대고.

"사실 여기 오기 전에 엄마랑 트러블이 좀 있었어. 사실 엄마가 나랑 성격이 너무 똑같아서 그런 건데. 아빠는 나랑 달라서 오히려 편한데 엄마랑 나는 둘 다 서로 신경 쓰고 서로 잘하려고 노력하고 그런 사람들이라 둘 다 힘들어지거든. 하여튼 좀 그랬어. 그런데 아까 아빠가 전화가 왔더라. 런던 폭동 뉴스를 보고 내가 괜찮은지 전화 했더라고. 근데 옆에 엄마가 있는 것 같더라고. 아빠가 입모양으로 엄마한테 '괜찮대' 하고 말하는 게 느껴졌거든."

정말이다. 나는 분명히 알 수 있었다.

사실 엄마하고 내 문제는 '트러블'이라고 말하기도 애매하다. 엄마는 처음부터 나에게 화내거나 야단치지 않으려고 결심한 사람

같았다. 사랑만 쏟아 부어 주려고 작정한 것 같았다. "사랑해."라는 말을 규칙적으로 하면서 애정을 표현하고 따뜻하게 대해 주려고 노력했다.

나는 엄마가 너무너무 좋았지만 약간 힘들기도 했다. 얼마나 오랫동안 엄마가 포기하지 않고 나를 사랑해 줄 수 있을지 불안하기도 했다. 역시. 너무 열심히 달리다 보니 엄마도 좀 지쳤다. 점점 말을 하지 않고 대신 자꾸 한숨을 쉬었다. 그러다가 아빠의 조언대로 이제는 오히려 힘들여 노력하지 않고 편하게 막 대하려고 했다. 소리도 지르고 짜증도 내고 "이게 원래 더 자연스러운 거야. 안 그래?" 하는 말을 하면서 나하고 아빠를 흘겨봤다. 나를 사랑하지 않는 건 아니라고, 엄마는 영원히 내 엄마라는 말도 했다. 다른 집 엄마들도 자기 자식에게 화도 내고 꼴 보기 싫어할 때도 있고 귀찮아할 때도 있고, 원래 다 그런 거라고 했다.

엄마 말이 맞는데도 듣는 나는 마음이 좀 불편하고 어쩌면 좋을지 몰라 우왕좌왕했다. 엄마는 점점 더 우울해지고 말을 안 하고 가끔 울기도 하고, 그러다 드디어 올해는 학교까지 휴직을 하고 약을 먹기 시작했다. 다음 학기에는 다시 학교에 나가기로 했는데 아빠는 자꾸만 조기 은퇴를 하고 지방에 가서 살자는 말을 하고 있다. 엄마는 처음엔 시골 생활이 싫다며 들은 체도 안 하더니 요즘은 조금 마음이 바뀐 것 같기도 하다. 형이 대학에 들어가면 우리 집에도 뭔가 변화가 생길지 모르겠다.

"넌 평생 영국에서만 살았으니 잘 모르겠지만, 영국하고 한국은 굉장히 다른 나라인 것 같아. 당연한 말인가? 흐흐. 한국에 있을 때에는 한 번씩 정신이 없고 뭔가 공중에 둥둥 떠 있는 것 같은 기분, 디게 급한 일이 있는데 뭐가 잘 안 풀릴 때 그러는 것처럼 심장이 벌렁벌렁 뛰면서 정리가 안 되는 느낌이 있었거든. 내 말 무슨 말인지 알아듣겠어? 흐흐. 그런데 여기 오니까 이번엔 너무 고요하고 썰렁해서 이상한 느낌이 들더라고. 그래도 한국에서 정신없고 불안하게 사는 것보다는 여기에서 좀 외롭게 사는 게 적성에 맞는 것 같았었는데, 그런데 아까 패딩턴에서 집으로 오는데, 으아, 세상에서 나만 혼자 살아남은 것 같은 기분이 들면서 소름이 쫙 끼치더라고. 역시 영국이든 한국이든, 세상 어디서든, 산다는 건 장난이 아니구나, 깨달음이 딱 오더라니까."

멈추고 싶은데 고장이 나서 계속 철길 위를 달려가는 기차처럼 나는 점점 말도 안 되는, 아무 말 대잔치를 벌이면서 열을 올리고 있었다.

"근데, 한국에 나랑 형제처럼 친한 친구가 하나 있거든. 이름이 원호인데, 걔 동생 이름은 야호야, 야호. 웃기지 않냐? 흐흐. 근데 원호가 런던 폭동 뉴스를 보고 전화를 했더라고. 어우, 진짜 고맙더라. 근데 걔가 편의점 도시락을 사 먹는다는 거야. 근데 그 맛없는 게, 너 한국 편의점 도시락 안 먹어 봤지? 맛이 아주 없는 건 아닌데 그래도 집 밥하고 비교를 하면 이상하게 밥에서도 msg 맛이 나고 다 먹고 나도 배가 안 부르다니까. 미스터리야, 크크. 근데 그 편의점 도시락이 너무 먹고 싶으면서 이번에는 그 도시락 생각만 나는 거 있지? 아하하, 내가 말하면서 생각해 봐도 나의 정신세계는 진짜 독특한 거 같다. 안 그러냐? 하하하하하."

너무 크게 웃어서 그런가 눈에 눈물이 조금 고인 것 같은 느낌이 들어 손으로 눈두덩을 거칠게 막 문지르며 더 크게 웃었다.

미아는 여전히 아무 대답도 안 하고 있고 나를 가만히 보고 있었다. 한국말을 알아듣는다고는 했었지만 방금 내가 했던 맥락 없이 지껄여 댄 이상한 말들도 다 알아들을 수 있는 걸까? 원호는 가끔 내가 무슨 말을 하면, 그 말 속에 숨어 있는 나도 몰랐던 내 마음을 알아들어 줬었는데, 애는 그렇지는 않겠지.

나는 이제 무슨 말을 하면 좋을지 몰라서 "어휴. 흐흐흐. 아이고." 이런 소리를 내면서 웃고 있었다. 그러면서도 속으로는 '미친 거 아니야? 왜 이래? 아냐, 완전 망했네.' 하는 생각을 하고 있었다, 크헉.

그때 갑자기 미아가 꾹 다물고 있던 입을 열었다.

"헤이, 너! 웃고 싶지 않을 때는 그렇게 웃어 대지 않아도 돼."

뜨끔. 웃음을 뚝 멈추고 나니 달리 할 말도 없어 미아와 나 사이의 공기가 딱딱하게 굳어 버리는 것 같았다.

그런데 어색한 발음의 한국말로 한 마디 더.

"찌뿌리는 거. 누물 나는 거. 나뿐 일 아니다. 네버."

처음 들어 보는 미아의 한국말. 얼굴 찌푸리는 거, 눈물 나오는 거는 절대 나쁜 일이 아니라고?

그런데 그 앞에 했던 말은 내가 제대로 알아들은 거 맞나? 웃고 싶지 않을 땐 웃지 말라고 한 거 맞나? 내가 그랬었나? 웃고 싶지 않은데도 그냥 막 웃어 댔나?

그건 아닌 것 같은데도 미아의 말을 듣고 나니 이번엔 웃음이 아니라 진짜 눈물이 빠르게 차오르더니 흘러나오기 시작했다. 웃고 싶지 않은데도 막 웃어 댔던 것처럼 이번엔 울고 싶지 않은데도 눈물이 막 나왔다. 우는 게 싫은 일, 나쁜 일 아닌 건 알지만 이렇게 갑자기 우는 건 좀 이상한데. 어쩌면 좋을지 몰라 고개를 조금 숙이고 식탁의 나무 무늬를 살펴보는데 거기에 눈물이 뚝, 뚝 떨어졌다. 아, 미치겠네.

미아가 찬장 쪽으로 걸어가 안에서 무얼 찾는지 뒤적거렸다. 휴지를 주려는 건가? 내가 울고 있는 거 다 알고서? 그런데 찬장 안을 들여다보며 그 애답지 않게 조금 망설이는 듯 혼잣말하듯 말하는 게 들렸다.

"어차피 거기에서도 마음 편하게 사는 거 아니라면 차라리 여기에서 당당한 이방인이 되어 혼자 헤쳐 나가는 게 낫지 않나?"

미아가 납작한 초콜릿 하나를 내 앞으로 쓱 밀어 주고는 자기 방으로 가면서 말했다.

"얼른 자라. 자는 게 약이 된대."

잠이 보약이라는 말을 저렇게 하는구나.

그런데, 당당한 이방인이라는 말, 좀 멋진걸. 하지만 쉽진 않겠지. 하긴 인생에서 마냥 쉽기만 한 게 있겠어.

미아가 준 초콜릿에서는 이상하게도 짭짤한 맛이 났다. 껍질을 보니 히말라야에서 나는 무슨 솔트 초콜릿이라고 쓰여 있었다. 달달하고도 짭짤한 초콜릿이 입안에서 녹은 다음 몸과 머리까지 녹이는 것 같았다. 나는 조금쯤 몽롱한 상태에서 핸드폰을 열어 눈물을 찔찔 짜면서 엄마에게 카톡을 보냈다.

'엄마. 나에게 엄마는 엄마뿐이에요. 엄마가 나를 예쁜 막내아들로 사랑해 줬던 기억이 나에게 힘이 되어요. 너무 고맙고. 그래서 엄마가 원한다면 나는 여기에서 당당한 이방인이 되어 잘 헤쳐 나가며 살 수 있을 것 같아요. 걱정하지 마세요.'

아까 패딩턴에서 내가 죽거나 크게 다쳤다면 엄마에게 이런 말도 하지 못하겠지. 하고 싶은 말, 전해 주면 좋을 말을 제대로 하지 못한 채 죽을 수도 있었다는 걸 생각하면 이렇게 톡을 보낼 수 있다는 건 울 일이 아니라 기쁘고 뿌듯한 일이다.

솔트가 들어간 이상한 초콜릿 때문인지 문자를 보내고 나니 약기운이라도 퍼지듯이 너무나 잠이 왔다. 엄마는 카톡을 노트북에만 깔아 두고 자주 보지 않는다. 아마 지금 이것도 열어 보려면 며칠이 걸릴 거다. 그동안 나는 계속해서 잠을 자겠다.

나는 다시 어기적어기적 계단을 올라 방으로 들어가 그대로 침대에 쓰러졌다. 입안에서 짜고도 달콤한 침이 감도는 걸 느끼며 기절하듯 잠에 빠져들었다.

✈ 명랑한 런던 여행을 위한 팁 by 태서

오늘은 진짜 중요한 여행의 팁을 말씀드릴게요. 그건 바로 '여행자보험을 들어 두세요!' 이것입니다.

저는 공항에서 비행기 타기 직전에 아빠가 여행자보험 하나 들어 놓자고 해서 뭣도 모르고 따라갔습니다. 그러고는 챙겨 주는 것들을 자세히 읽어 보지도 않고 가방에 넣어서 왔지요. 그랬는데 여행 중에 크고 작은 사건들이 생기니까 뒤늦게 생각이 나더라고요. 가방 앞주머니에 물티슈랑 같이 구겨져 있는 걸 꺼내서 대충 살펴보니, 병원에 갈 일이 생겨도 서류만 잘 챙겨 오면 나중에 다 보상받을 수 있고, 물건을 잃어버리거나 파손된 것도 보상받을 수 있나 봐요. 휴, 조금은 안심이 되네요.

그래서 병원에 갔냐고요? 아니요. 안 갔습니다. 그냥요. 진짜로 많이 아픈 건 아니라서 그랬을 수도 있고, 말도 잘 안 통하는 남의 나라에서 혼자 병원에 찾아가려니 용기가 안 나기도 했고요. 뭐, 진짜로 심하게 다친 데가 있거나 했으면 갔겠죠. 그런데 지금 제가 아픈 곳은 겉으로 보이는 데가 아니라서, 병원에 가더라도 뭐라고 설명하기가 어렵거든요.

제가 골골대고 있을 때 아래층에 사는 친구 하나가 짠맛이 나는 요상한 초콜릿을 하나 줬어요. 그걸 먹고 나니 멀쩡히 눈을 뜨고 있어도 몽유병 환자가 꿈속인 줄 알고 현실을 헤매고 다니는 것처럼, 정신이 비몽사몽 왔다 갔다 하더라고요. 그런 상태에서 여기저기 문자도 보내고 갖고 다니는 수첩 한쪽에 일기도 쓰고 온갖 짓을 했더라고요. 후드티를 뒤집어쓰고 꼬박 20시간 가까이 잠을 자기도 했고요.

그러고 났더니, 오, 보이지 않는 속이지만 좋아진 게 느껴지고, 너덜너덜 헌 마음은 떠나가고 뽀송뽀송 새 마음이 떠오르는 것 같았습니다. 그러면서 알았죠. 이게 진짜 여행자보험이구나.

여행 중에 알게 된 사람, 걱정해 주고 살펴봐 주는 이웃, 초콜릿을 나눠 주고 괜찮을 거라고 말해 주는 친구. 그들이 진짜 여행자보험이라고요.

6
해리포터의 선물

몰이 쉬는 날이라 타쎄오를 데리고 파크에 가기로 했다. 아니, 내가 지금 보모 아르바이트도 아니고 이게 무슨 일인지. 흥.

아니다. 티를 내지 않아서 그렇지 나에게도 착하고 따뜻한 마음이 있다. 패딩턴역 폭동 사건으로 꽤나 충격을 받았는지 어깨를 늘 어뜨린 채 라면을 끓여 먹고 있는 아이를 보니 기분이 좋지 않았다. 그날 이후로 사흘이 지났는데 라면 먹는 모습을 몇 번이나 본 건지 모르겠다. 병원에 가 보는 것도 좋을 것 같은데 뭐가 무서운지 병원 엔 절대 안 가려는 것 같다.

"또 라면 먹어?"

"어. 흐흐흐."

또 웃는다. 이 아이는 '흐흐흐' 웃는 게 그냥 습관인가 보다. 얘 웃는 걸 보면 나는 저렇게 많이 웃지 말아야지, 하는 생각이 든다. 나는 원래 잘 웃지 않는 캐릭터지만.

수지 언니에게서 타쎄오의 히스토리를 들은 이후로 조금쯤 신경이 쓰였는데 하필이면 뉴스에 나오는 사건까지 겪고서 축 가라앉아 있는 걸 보니 괜히 더 안타깝게 느껴졌다. 엄마하고의 트러블 얘기는 무슨 말인지 모르겠다. 하긴 낳아 준 엄마하고도 트러블이 어마어마한데 오죽하겠어.

마침 쉬는 날이 있는데 같이 파크에 가겠냐고 물었다. 조그만 눈을 한껏 크게 뜨고는 어쩔 줄 몰라 하며 좋다고 하는데 귀가 빨개진 게 보였다. 에휴, 그래, 착한 일 한 번 해 주는 거야.

"하이드파크는 가 봤을 테고, 켄싱턴파크도 가 봤어? 거기에 런던 공용 자전거 말고 개인이 자전거 빌려주는 게 있거든. 런던 자전거보다 훨씬 싸. 그걸 빌려 타고 파크를 한 바퀴 돌아보면 좋을 것 같은데 말이야. 요즘 모처럼 날씨가 좋은데 집에만 있기 아까워서 그래. 영국에서는 해가 나올 때 최대한 해를 쬐어 줘야 하거든."

어쩐지 좀 쑥스럽기도 해서 괜한 말을 덧붙였다.

"내가 가이드 해 줄 테니 자전거 빌리는 값은 니가 내."

"그럼, 당연하지. 점심도 내가 살게."

"점심은 샌드위치 좀 준비해 가면 돼."

"어, 그게 좋겠다. 내가 만들게. 나 요리 잘해. 흐흐흐."

그렇게 해서 타쎄오와 샌드위치 한 무더기와 함께 켄싱턴파크에 오게 되었다.

런던에 좋은 파크가 많이 있는데 관광객들이 흔히 몰려가는 하이드파크나 리젠트파크보다도 나는 켄싱턴파크를 좋아한다. 가든이라고도 부를 만큼 아름답게 관리가 되어 있기도 하고, 규모도 하이드나 리젠트에 비하면 좀 작은 편이라 더 좋다. 가운데에 자리 잡은 켄싱턴궁전은 따로 돈을 내고 들어가야 하는데, 예전에 몰래 다가가서 유리창으로 안을 들여다보다 관리 아저씨가 호루라기를 불어 도망치는 개그-쇼를 한 적도 있었다.

"우와, 소풍 온 것 같다. 샌드위치가 아니라 김밥을 싸 왔으면 더 좋았을걸."

"김밥?"

"너 모르는구나. 한국에서는 소풍 갈 때 엄마들이 도시락으로 김밥 싸 주거든. 우리 엄마도 초등학교 때 김밥 자주 싸 줬지. 흐흐."

타쎄오가 간만에 우중충한 얼굴을 벗고 모처럼 들뜬 표정이었다. 날씨는 싸늘했지만 하늘은 맑고 햇살도 좋은 편이었다. 이런 날에 일하러 가지 않고 오랜만에 켄싱턴파크에 오니 나도 기분전환이 되고 좋았다. 김밥인지 뭔지 없어도 좋아.

파크 입구에서 조금 떨어진 곳에 여전히 흑인 아저씨 여러 명이 어슬렁거리면서 자전거 빌려주는 사업을 하고 있었다. 런던 공식 파란색 대여 자전거는 하루에 2파운드인데 이 아저씨한테 빌리면

1파운드니까 반값이다. 자전거가 좀 낡긴 했지만 굴러가는 데에는 별 문제없으니까.

"우와, 이 자전거 완전 고물인데."

"코물? 그게 뭔데?"

"너무 낡았다고. 흐흐."

타쎄오는 눈을 휘둥그레 뜨면서 자전거를 둘러봤지만 내가 자전거 두 대를 골라잡자 얼른 돈을 냈다. 이어서 국제학생증까지 고분고분 꺼내 주려는 걸 내가 막아섰고.

"누가 이딴 자전거를 집에까지 끌고 갈까 봐 그래요? 분명히 갖고 온다고요."

흑인을 상대로 거칠게 말하는 나를 보며 흠칫 놀라는 타쎄오. 애가 착하긴 한데 좀 어수룩하다. 국제학생증하고 이깟 낡은 자전거하고 어느 게 더 값이 나가겠는지 생각을 해 보면 알 텐데. 쯔쯔.

"가자. 너 켄싱턴엔 안 와 봤다고 했지? 내가 여기 잘 알아."

하이드나 리젠트도 그렇지만 켄싱턴에도 오리와 백조들이 여유롭게 공원을 걸어 다니고 있었다. 오리나 백조 주제에 지나치게 당당하고 늠름한 태도가 있어서 난 걔들이 늘 별로였다. 그런데 타쎄오는 몇 번씩이나 자전거를 멈춰 세우고는 셀폰을 꺼내 오리 사진, 백조 사진을 찍어 대고, 나보고 같이 찍자고도 해서 싫다 했더니 혼자서 최대한 팔을 내밀어 셀피를 찍기도 했다. 공원이든 카페든 한껏 예쁘고 행복한 표정으로 사진 찍는 사람들이 많은데 타쎄

오는 셀피를 찍을 때조차 어벙한 표정을 하고 있어서 피식- 웃음이
나왔다.

그때 갑자기 어떤 남자가 소리를 치며 우리 쪽으로 달려왔다.

"내 부엉이 못 봤어요?"

가까이에서 보니 스무 살 안팎의 청년이었다. 황갈색 머리칼에 동
그란 안경을 끼고, 무엇보다 특이한 건 펄럭펄럭 망토 같은 걸 두르
고 있는 것이었다. 그런데 어디선가 본 듯한 느낌?

나와 타쎄오를 잽싸게 훑어보더니 멍청한 표정으로 입을 헤- 벌
리고 있는 타쎄오를 표적으로 정한 것 같았다. 타쎄오에게 달라붙
어 애걸하듯 말했다.

"부엉이 못 봤어? 내 부엉이가 없어졌어요."

파크 안에서 오리나 백조, 다람쥐와 청솔모, 온갖 품종의 개들은
봤지만 부엉이를 본 적은 없었다. 런던 한가운데에 있는 파크에서
부엉이가 무슨 소린지.

그런데 이 사람, 정말이지 어디선가 많이 본 듯한 얼굴이었다. 누
구더라? 나보다도 타쎄오가 먼저 알아봤다.

"해리포터 같이 생겼네?"

아하, 그러고 보니 귀엽게 헝클어진 헤어스타일이나 동그란 안경
도 그렇고, 얼굴도 자세히 보면 다르지만 언뜻 풍기는 분위기가 해
리포터를 꼭 닮았다. 어깨와 목에 두르고 있는 망토와 머플러도 해
리포터 영화에서 봤던 바로 그것이었다.

"맞아. 나, 해리포터."

"예? 정말요? 진짜 해리포터라고요?"

타쎄오는 '지금 여기서 무슨 공연을 하나? 아니면 내가 웃긴 꿈을 꾸고 있는 건가?' 하는 표정과 말투로 주위를 두리번거리며 말을 했지만 나는 얼른 알아차렸다. 관광객이 있는 곳이라면 어디든 나타나는 코스튬 플레이 연기자들이다. 그동안 봤던 연기자들보다 조금 새로운 콘셉트 같긴 했다. 한 자리에 동상처럼 가만히 서 있거나 재미있는 포즈 정도를 보여 주는 게 아니라 보다 생생하게 관객에게 다가가는 참여형인가?

"응. 영화 속의 그 해리포터는 아니지만 나 역시 마법 공부를 하고 있고, 이름도 해리포터야. 나를 알아보다니 역시 너는 나하고 인연의 끈이 연결되어 있는 사람인가 보군. 어쩐지 이 공원 안에서 니가 눈에 확 들어오더라고. 그렇담 넌 날 도와줄 수 있겠어. 내 부엉이가 말이야, 하얗고 날렵한 아이인데, 마법 수업에 꼭 필요한 친구거든. 그 아이가 갑자기 날아가 버렸어."

아하, 괜찮은 콘셉트야. 이렇게 직접 다가오는 스타일은 처음 보는걸. 돈은 얼마나 줘야 하나?

그런데 해리포터 연기자가 연기에 너무 몰입한 건지 타쎄오의 팔을 잡고는, 같이 부엉이 찾으러 다니자는 말을 꽤 당당하게 했다.

"바쁜 거 아니지? 내 부엉이 좀 같이 찾아봐 줘야 되겠는데? 저쪽으로 가 보자."

"오케이, 됐어요. 재미있었어요."

내가 주머니를 뒤져 동전을 몇 개 꺼내 건네며 상황을 정리하려는데, 새로운 타입의 해리포터 연기자께서 나를 똑바로 보며 말했다.

"돈은 필요 없어. 내 부엉이는 그런 돈으로는 살 수 없으니까."

아, 코스튬 연기자가 아니라 정신병자인가? 그런데 눈치도 없고 약간 멍청하기까지 한 타쎄오가 눈꼬리를 내리고 사정하는 듯 나를 보며 말한다.

"도와주면 안 될까? 어차피 우리도 공원 여기저기 돌아보려던 거니까 같이 다니면서 부엉이 찾아보면 되잖아?"

부엉이를 찾긴 무슨 부엉이를 찾는다는 건지. 그리고 지금 이 사람을 진짜 해리포터라고 생각하는 건 아니겠지? 자기 입으로 말했잖아. 그냥 코스튬 플레이 하는 거라고. 그런데 타쎄오는 이제 내게만 들리도록 속닥속닥 말을 한다.

"나, 해리포터 진짜 좋아했거든. 완전 똑같애. 대박이다."

대박이 뭐지? 아마도, 어매이징하다는 뜻인 거 같다.

뭐라고 똑 부러지게 한마디 해 주려는데 타쎄오와 해리포터가 벌써 저만큼 가고 있다. 해리포터는 손나팔을 하고서 부엉이 울음소리인지 무슨 이상한 소리를 내면서 경중경중 뛰어다니고, 타쎄오는 해리포터와 박자를 맞춰 자전거를 타고 가다가 뒤를 돌아 나를 보며 손짓을 했다가 하며 야단이었다. 으으.

할 수 없이 두 사람의 뒤를 쫓아 공원을 다니며 후우후웃- 부엉이도 찾고, 참나, 키가 거의 내 허리까지 올 만한 백조를 만나 스낵을 몇 개 주면서 같이 놀기도 했다. 애완 부엉이를 키운다는 해리포터가 백조는 무섭다며 멀찍이 서서 구경만 하고 있는 건 좀 웃겼다.

백조도 있고 오리도 있고 강아지도 종류별로 다양하게 있는데 부엉이만 없었다. 당연하지. 점심시간이 다 됐기에 호숫가 옆 괜찮은 카페테리아에 다 같이 들어가 샌드위치를 먹기로 했다. 오, 그런데 그때 조금 놀라운 일이 있기도 했다.

해리포터가 볼펜만 한 사이즈의 나무 지팡이를 휘두르며 뭐라고 주문을 외우니 (윙가르디움 레비오우사, 는 아니었다. 해리포터 영화에 나온 마법 주문들 중 내가 아는 유일한 것인데. 크.) 테이블 위에 갑자기 음료수 세 개가 나타난 것이다.

"우와, 깜짝이야. 이거 뭐예요? 마셔도 돼요?"

"그럼. 샌드위치를 얻어먹게 됐는데 이 정도는 해 줘야지."

타쎄오만큼 감동을 받진 않았지만 이 정도면 꽤 신기하다. 인정.

"흠. 이건 좀 신선하네."

"여기 이 친구는 마법을 받아들이는 자세가 영 시니컬하군. 타쎄오를 봐. 순수한 마음이 있잖아. 이런 사람에게는 선한 마법이 자주 찾아오지."

"언제 통성명까지 하셨나?"

옆에서 틱틱대는 나를 아예 무시하고 둘이서만 계속 대화를 한다.

"오늘 우리가 만난 것도 너의 선함이 나를 이끈 거야, 타쎄오."

"으흐흐, 고마워요."

"그럼 타쎄오는 한국에서 여행 온 거야?"

"그런 것도 있고. 유학에 대해 좀 알아보려는 것도 있고요."

"그렇구나. 나도 오늘은 런던에 있지만 사실은 멀리 있는 학교에서 공부 중이거든."

'어디, 호그와트에 다니시나?' 비웃어 줄까 했는데 갑자기 시선을 돌려 나를 바라보는 바람에 샌드위치와 함께 꿀꺽.

"나를 진짜 마법사라고 믿어도 좋고, 정신 나간 사람이라고 생각해도 좋아. 나는 그런 거 상관 안 해."

'누가 뭐라고 했나요?' 속으로만 쫑알거리며 이번엔 음료수를 홀짝. 흠, 그런데 이거 꽤 비싼 유기농 브랜드네.

"내가 어렸을 때 부모님을 잃고 친척집에서 살면서 고생을 많이 했어. 그때는 나에게 왜 이렇게 힘든 일이 많은지 이유를 잘 몰랐지. 하지만 지금은 모든 걸 알게 되었어. 그건 바로 내가 악으로부터 세상의 선을 지키는 위대한 마법사가 되기 위해 훈련이 필요했던 거지. 그때의 힘든 시간 덕분에 오늘의 내가 되었거든."

해리포터가 배가 고팠는지 샌드위치를 두 개째 집어 들면서 계속 말을 했다.

"내가 얼굴을 딱 보니까 타쎄오도 그동안 특별한 사건을 많이 겪어 온 거 같아. 내 말이 맞지?"

타쎄오가 우물쭈물 대답을 못 하며 고개만 끄덕거렸다.

"하지만 그건 니가 진짜 위대한 타쎄오로 성장하기 위한 훈련이라는 걸 말해 주고 싶어."

"위대한 타쎄오? 제가요?"

"응. 내가 아직 마법사 훈련 중이긴 하지만 사람 얼굴을 보며 미래의 컬러를 예측하는 정도는 할 수 있거든. 내가 보니까 타쎄오에게는 고귀하고 밝은 푸른빛이 저 뒤에서 다가오고 있어."

"으흐흐. 감사합니다."

타쎄오가 바보 같은 소리를 내어 웃기는 했지만 이번의 웃음은 상황을 대충 뭉개는 평소의 웃음이 아니었다. 조금은 당황하고 부끄러워하면서도 은근히 좋아라 하는 느낌이 가득한 웃음이었다. 난 그 아이의 웃음소리를 많이 들어 봤기에 알 수 있었다. 하지만 해리포터는 그걸 구분해 낼 만큼 타쎄오를 잘 아는 게 아니라서 비웃음이라고 생각했는지 정색을 하며 다시 말을 했다.

"괜히 하는 말이 아니야. 나에게는 선명하게 보여. 내가 그 정도는 알 수 있다고."

"네네. 믿어요. 믿습니다."

순진한 타쎄오는 해리포터에게 신앙고백을 하고, 이제 신령한 해리포터가 고개를 돌려 나를 지긋이 바라보더니 한마디를 던졌다.

"그쪽 친구도 나쁘지 않아. 아직은 닥치는 대로 이 일, 저 일을 하며 지내고 있지만 머지않아 자기만의 길을 찾게 될 거야. 따뜻하고 편안한 기운이 다가오고 있어. 그러면 뾰족하게 날을 세우고 있는 그 성미가 좀 누그러지겠군. 거의 다 됐어."

앗. 이건 또 무슨 말이지. 나는 가슴이 조금 털컥- 하면서 놀라 해리포터를 살짝 바라봤지만 재빨리 안 그런 척 표정관리를 하며 음료수만 마셨다. 순진한 타쎄오가 "오-"하면서 나에게 엄지를 들어 보이기에 그것도 모른 척했다.

카페테리아 안은 훈훈한 공기와 맛있는 냄새, 적당한 소음으로 기분 좋게 나른했다. 커다란 유리창을 통해 햇살이 들어오고, 창밖으로 보이는 풍경들도 평화로웠다. 허연 털이 북실북실한 커다란 개를 데리고 산책하는 흑인 남자, 헤드폰을 끼고 레깅스를 입고 조깅하는 금발 아가씨, 유모차를 밀고 가는 히잡 두른 여자.

나는? 나는 화난 얼굴로 세상을 노려보고 있는 조그만 동양 여자애인가? 따뜻하고 편안한 기운은 어디쯤 오고 있다는 거지? 너무 멀지는 않기를, 그래서 내가 얼른 나에게 준비된 좋은 길에 올라서게 되기를. 나는 속으로 대충 한 번 빌어 보았다. 잘되면 좋은 거고, 안 되면 그만이지만.

아예 머리에서 싹 지워 버리고 말 안 하려 했지만, 사실은 어젯밤에 엄마 전화를 받았다.

070으로 시작하는 모르는 번호로 전화가 온 걸 보는 순간 살짝 느낌이 있어서 받지 말까 하다가 그냥 받았는데 역시나였다.

"미아야. 엄마야. 왜 이렇게 전화를 늦게 받어?"

하루아침에 딸을 버리고 다른 나라로 가 버린 엄마치고는 너무나 태평스러운 목소리. 뭐라고 대답을 하기도 싫어서 이맛살을 찌푸리며 입을 꽁 다물고 있었지만 엄마에게는 지금 내가 이러는 거 보이지도 않고 관심도 없을 테니 결국 나 혼자 오버하는 중인 거다.

"기집애야, 엄마가 전화했는데 대답도 안 하니?"

어이가 없다. 대꾸할 필요도 없다.

"이모가 잘 돌봐주고 있지?"

더 이상 참을 수가 없다. 나는 팍- 터지듯 큰 목소리를 냈다.

"이모가 왜 나를 돌봐줘야 돼? 언제 이모한테 돈이라도 맡겨 뒀어?"

"야, 니가 잘 몰라서 그러는데, 내가 어릴 때부터 걔를 키우다시피 했고, 유학할 때도 내가 온갖 일 다 하면서 돈만 생기면 걔 밥 해 멕이고, 코피 터지면서 공부하기에 영양제 사 멕이고 그랬어. 아, 쥐뿔도 없는 게 영국으로 공부하러 갈 거라고 지랄을 하길래 그때 내가 모아 놓은 돈 거의 다 쥐여 주기도 했다야. 걔가 지금 그만큼 사는 거 알고 보면 다 내 덕이야. 근데 조카 하나 돌봐주는 거, 그것도 못해?"

"아, 정말, 뻔뻔한 소리 좀 그만해."

"너는 그냥 아무 생각하지 말고, 너 학교 졸업까지 얼마 안 남았잖아. 그냥 이모한테 이쁘게 굴면서 잘 붙어 지내다가, 대학이든 아카데미든 어디 입학증만 하나 갖고 여기로 와. 그러면 영어학원, 영어유치원, 여기 취직할 데가 많아. 엄마가 그때까지 우리 딸이랑 살 집 하나 구해 놓을게."

"어떤 남자한테 사기를 쳐서 집을 구할 거지? 친아빠라는 사람? 아니면 이번에 같이 나간 허 씬가 호 씬가 하는 남자? 그것도 아니면 새로운 남자인가?"

"아유, 너무 빨리 말하면 내가 다 못 알아듣는 거 알잖아. 헬로우? 여보세요? 전화가 들렸다 안 들렸다 하네."

"됐어. 쪽지 한 장 달랑 남겨 놓고 버리고 갔으면서 무슨 염치로 전화를 했어? 엄마랑 얘기하기 싫으니까 앞으론 전화하지 마. 그리고 정말 부탁하는데, 주변에 민폐 좀 그만 끼치고 살아. 마지막 부탁이야."

뭐라고 주절대는 소리가 들리기 전에 먼저 전화를 끊어 버렸다. 혹시나 싶어서 몇 분쯤 가만히 앉아서 기다려 봤지만 전화는 오지 않았다.

그래. 어차피 내 걱정돼서 전화한 것도 아니잖아. 아까 말한 것처럼, 영국에서 고등학교 졸업하고 대학이든 사설 아카데미든 어디든 입학했다는 서류만 있으면 한국에서 일자리 구할 수도 있을 것 같으니까, 그렇게 해서 이번에는 나한테 사기 치고 뜯어 먹으면서 살려고 그런 거잖아. 내가 속셈을 모를 줄 알고.

그동안 조금쯤은 엄마 전화를 기다리기도 했었는데, 막상 전화를 받고 나니 몹시도 화가 치밀면서, 앞으로 어떻게든 나 혼자 잘 살아 나가고 말겠다는 전투력이 솟구쳤다. 아르바이트를 한 개쯤 더 구해 볼까, 아무래도 헤어를 다시 시작하는 게 좋겠어, 여러 가지 궁리로 머리가 막 돌아갔다. 그러면서 켄싱턴 나들이로 기분전환을 하고는 다시 태어났다는 마음으로 새롭게 출발하겠다고 밤새 결심했었는데.

그런데 아침에 일어나니 우울하고 컨디션이 안 좋고 만사가 귀찮았다.

내가 아주 어릴 때부터 우는 적은 거의 없었는데 오늘 아침엔 그냥 한 번 울어 버리고 싶을 정도였다. 몸이 안 좋다고 하며 켄싱턴 나들이를 취소할까 하다가, 모처럼 쉬는 날에 약속도 깨 버리고 집에 틀어박혀 있으면 모든 게 더 안 좋아질 것 같아서, 정말 힘들게 박차고 일어나 꾸역꾸역 나온 것이다.

그런데 뜻밖의 인물 해리포터를 만나 '이미 준비된 너만의 길을 찾게 될 거다. 따뜻하고 좋은 기운이 다가오고 있는 게 보인다.'는 말도 안 되는 말을 들으니 이게 은근히 위로가 되기도 했다.

점심을 먹고 나서는 켄싱턴궁전 쪽으로 함께 가 봤다. 켄싱턴궁전은 다른 궁전들에 비하면 좀 작고 소박한 편이다. 하지만 다이애나 왕세자비가 마지막으로 머무르기도 했던 곳으로 사건사고와 많이 얽혀 있는 역사적인 곳이다. 안에는 실물과 똑같은 크기의 왕실 인물들의 동상이 있다는데, 크지도 않은 궁전 입장료를 따로 받고 있어 예전에 왔을 때도 오늘도 들어가 보지는 않기로 했다.

그래도 궁전 마당에 있는 오래 된 벤치에 앉아 후웃후우- 소리를 내며 부엉이를 불러보니 왠지 기분이 좋았다. 좀 이상한 사람으로 보일 수 있다는 것만 빼면 공원에 앉아 후웃후우- 소리를 내는 게 은근히 기분 좋아지는 일인 것 같다. (다들 지금 한 번씩 해 보기를 추천. 단, 마지막 우- 소리를 낼 때 입술을 쭉 내밀면서 길게 뽑아야 함. 모두 하고 있나요? 나만 혼자 정신 나간 사람처럼 보일 순 없으니 다 같이 큰 소리로, 후웃후우우우웃---)

"부엉이가 어디 있는지는 마법의 기운으로 알아차리지 못하시나?"

"내 부엉이가 나보다 마법의 기운이 좀 더 강하기 때문에 내가 알아내기 어려워."

"오호, 부엉이 친구가 아니라 스승이셨네."

"밤이 되면 부엉이가 알아서 돌아올지도 몰라요."

타쎄오가 순진한 표정으로 말했다.

"응. 그럴 수도 있다는 생각이 들어."

해리포터와 나머지 친구들이 누구였더라? 그 애들 대신 타쎄오와 짝꿍을 하면 되겠군.

부엉이에 대한 생각은 그냥 포기해 버린 건지, 이제 해리포터는 내 고물 자전거를 갖고 타쎄오와 둘이 궁전을 빙 둘러 돌면서 신나게 씽씽 달리고 있다. 이상한 옷을 입은 애랑 촌스러운 동양 애 둘이 그다지 어울리는 커플은 아니었지만 즐겁게 노는 모습을 보니 유쾌하고 건강한 느낌이 들었다. 무엇보다 타쎄오가 우울함을 떨쳐 내고 많이 회복된 것 같아서 보기가 좋았다.

오후가 훌쩍 지나 해도 기울고 바람이 점점 차가워졌다. 펄럭펄럭 망토가 보온이 잘 되지 않는지 해리포터의 얼굴이 싸늘하게 얼어 보였다.

"타쎄오 말처럼 부엉이가 알아서 돌아오길 기다려 봐야겠어. 오늘 함께 도와줘서 정말 고마웠어."

"나도 즐거웠어요."

"나도. 돈은 정말 받지 않을 건지?"

코스튬 연기자와 하루를 함께 보냈으니 얼마라도 돈을 줘야 할 것 같아 호주머니를 뒤적이며 마지막으로 물어보았다.

"믿는 자에게는 불가능한 일이 없지만 믿지 않으면 아무것도 되지 않아. 넌 어느 쪽이야? 마법사 해리포터를 믿어 보겠어? 단지 쇼를 하는 가짜라고 생각하겠어?"

내 눈을 똑바로 바라보며 해리포터가 말했다. 이거 대단한데. 나도 신앙을 고백할 것만 같아.

"좋아요."

나는 빈손을 내밀어 악수를 청하며 살짝 웃어 주었다.

"좋아."

해리포터가 상쾌하게 웃으며 악수를 하더니 주머니에서 아까 그 나무 지팡이를 꺼내 다시 한 번 흔들었다. 망토 뒷자락에서 커다란 꽃다발이 나왔다. 안개꽃과 작은 갈대 같은 잎사귀들 안에 빨간 장미꽃이 풍성하게 엮여 있는 보기 좋은 꽃다발이었다. 입을 헤- 벌리고 있는 타쎄오에게 꽃다발을 주더니 다소 연극적인 느낌으로 타쎄오의 어깨를 끌어안고 살짝 흔들었다. 타쎄오의 어깨 너머로는 나를 보면서 제법 귀엽게 윙크를 했다.

해리포터의 뒷모습과 장미꽃 다발을 번갈아 보면서 타쎄오가 감동적인 표정을 짓고 있었다. 그러다가 갑자기 나를 보더니 꽃다발을 내밀며 말했다.

"이거 너 줄까?"

"됐어. 꽃다발 같은 거 안 좋아해. 아무 쓸 데가 없잖아."

"아닌데. 마음을 기쁘게 해 주잖아."

그러더니 약간 중얼거리듯이 덧붙인다.

"꽃다발을 받으면 아무 날도 아니지만 생일이나 좋은 날 같아서 기분이 좋아진다고 그랬거든."

"누가?"

"어, 우리 엄마가."

크, 예쁜 표지의 아포리즘에 나올 만한 말이군, 생각을 하다가 갑자기 궁금한 게 생겼다.

"엄마가 어떻게 생기셨어?"

"어떻게 생겼냐고? 얼굴이? 그건 왜?"

"꽃다발 얘기에 호기심이 생겨서. 내 엄마는 꽃다발처럼 돈 아까운 선물이 없다고 했었거든. 뜯어 먹을 수도 없다고. 내 엄마랑 아주 다른 스타일인지 궁금하네."

"글쎄. 외모나 성격이나 한마디로 말하자면 좀 소녀 같은 사람?"

"오호. 소녀."

트러블이 많다 해 놓고 엄마에 대해 소녀라는 표현을 쓰다니, 대단하다. 난 엄마는 고사하고 나 자신에 대해서도 소녀라는 고운 단어는 쓰지 못할 것 같다. 소녀라고 하면 뭔가 반드르르한 머릿결에 리본으로 된 핀이라도 꽂고 다닐 것 같은데, 난 그런 타입이 아니니까.

하지만 내가 헤어를 다시 시작한다면 소녀 느낌이 물씬 나는 스타일을 다양하게 연구해 보고 싶다. 내 외모나 성향과는 맞지 않지만 사실 내 마음속에는 수채화 같은 소녀에 대한 낭만이 있다. 절대 그럴 일은 없지만, 내가 엄마가 되어 딸이 생긴다면 그 아이는 나처럼 크지 않도록, 나하고는 정반대인 부드럽고 다정하고 예쁜 소녀로 키울 거다. …음, 어쩐지 이상한 생각을 자꾸 하고 있네? 우웩.

자전거를 반납하고 전철역으로 걸어가는데 동양인 커플이, 그것도 남자애가 커다란 꽃다발을 들고 가고 옆에 내가 걸어가니까 흘낏 보면서 미소 짓는 사람들이 있었다.

"야, 너 저만큼 떨어져서 가."

"왜?"

"그 꽃다발 때문에 신경 쓰여."

"어, 그러면 니가 들고 갈래?"

"꽃다발 같은 거 안 좋아한다구."

"그래. 알았어."

그런데 이제 보니 이 아이, 좀 아까부터는 '흐흐흐' 하고 웃지 않는다. 이상한 소리를 내지 않고 그냥 편안해 보이는 얼굴로 가만히 있다. 훨씬 낫군.

집에 거의 다 도착할 즈음에 띠링- 문자가 왔다.

'오늘 괜찮았나? 음료수와 꽃다발 값만 보내 줘. 나도 즐거웠기에 수고비는 제외했어. :) - danny'

'고마워. 아주 잘하던데. 오늘 중으로 입금할게.'

오늘의 해리포터, 대니다. 몰에서 알게 된 친구.

에든버러 프린지 페스티벌에 '마술' 종목으로 나가려고 준비 중이라기에 타쎄오를 즐겁게 해 주고 싶은 대강의 스토리를 얘기하고 이벤트 한 번 부탁해 본 건데 뜻밖에도 괜찮았다. 해리포터 분장까지는 생각도 못 한 거라서 처음엔 좀 당황했지만 나쁘지 않았다. 마술도 그럴싸했고. 무엇보다 아까 타쎄오와 나에게 해 주었던 말이 꽤 좋았다. 어느 책에서 베껴 온 말인지 몰라도 사실 조금 감동받았다. 아니, 그런데 음료수랑 꽃다발을 뭐 이리 비싼 걸 했어? 재료비를 아끼지 않는 타입인가보군. 쳇.

"미아. 오늘 고마웠어."

집에 들어서기 전에 타쎄오가 쑥스러운 듯 시선을 맞추지 못하고 말을 건넨다.

"뭘. 나도 즐거웠어."

"덕분에 켄싱턴파크에서 좋은 시간 보냈어. 해리포터도 만나고 말이야."

"하하. 해리포터! 그냥 길거리 쇼하고 다니는 연기자를 만난 거잖아. 안 그래?"

"글쎄. 난 그냥 오늘 내가 마법사 해리포터를 만났다고 믿을래. 나에게 푸른빛의 좋은 기운이 다가오고 있다는 말도 믿고."

"그래. 그 말은 나도 뭐, 괜찮은 거 같더라."

"응. 너도 곧 다 좋아질 거야. 거의 다 왔다잖아."

풋- 하면서 웃어 주려고 했는데 마음과 달리 눈가가 뜨끈해지면서 뭔가 울컥 올라왔다.

"아, 춥다. 들어갈래. 바이."

나는 점퍼의 후드를 덮어쓰고는 방 열쇠를 꺼내 흔들며 인사했다.

"그래. 잘 쉬어."

밤에 보니까 해리포터에게 받은 꽃다발이 커다란 재활용 유리병 안에 담겨 부엌 식탁 위에 예쁘게 놓여 있었다. 꽃다발은 정말이지 세상 쓸데없는 물건이다. 하지만 사람의 마음을 기쁘게 해 주는 힘이 있다는 타쎄오의 말은 맞는 것 같다.

꽃다발은 대박이다. 나는 그걸 오늘 처음 알았다.

명랑한 런던 여행을 위한 팁 by 미아

런던으로 여행을 오는 사람들에게 분명하게 알려 줘야 할 게 하나 있습니다. 해리포터는 영국 출신이 아니라 스코틀랜드 출신이라는 사실이죠. 잉글랜드나 스코틀랜드나 같은 나라 아니냐고요? 뭐, 저도 사실은 그렇게 생각하는데, 해리포터의 작가가 에든버러에 있는 무슨 카페에서 글을 썼다면서 굳이 따지고 드는 사람들이 있더라고요.

하지만 런던에도 해리포터와 관련된 물건이나 스튜디오가 꽤 많이 있어요. 아무래도 해리포터는 잘 팔리는 상품이니까요.

런던의 길거리나 광장, 공원에 가 보면 버스킹 하는 사람들도 많고 이상한 분장을 한 채로 저글링을 하거나 무슨 조각품인 양 하루 종일 자리를 잡고 있는 사람들도 참 많지요. 그런 사람들을 전부 예술가라고 하던데, 저는 예술에 대해 잘 모르지만, 갤러리에 있는 우아한 어떤 것들만 예술이 아니라 길거리의 웃기고 재미있는 쇼들도 모두 예술이라 하는 게 마음에 들어요.

얼마 전에는 공원에서 해리포터를 콘셉트로 한 예술가를 만났었네요. 그 사람은 길거리 공연도 하고 펍이나 쇼핑몰에서 아르바이트도 하면서 열심히 살아가는 사람이었죠. 언젠가는 에든버러에서 열리는 페스티벌에서 주목을 받고 세계적인 스타가 될 꿈을 안고 있더라고요.

아티스트 또는 마에스트로라고 불리는 헤어 디자이너의 인터뷰를 본 적이 있는데요. '평범한 것으로부터 해방되어 예술로 승화된 경이로운 형상을 만들라.'는 말을 했더군요. 예술로 승화된 헤어스타일이란 어떤 건지 조금 궁금해집니다.

어, 그러니까 좀 뒤죽박죽이지만, 오늘 제가 얘기하고자 하는 런던 여행의 팁이란, 런던에는 갤러리나 뮤지엄뿐 아니라 공원 잔디밭에도, 뒷골목 공터에도 다양한 컬러와 스타일로 꾸민 사람들의 헤어에도 예술이 널려 있으니 눈을 크게 뜨고 즐겨 보시라는 얘기입니다. 괜찮은 팁이죠?

7
그래도 명랑하게 살아간다

어느새 한 달이라는 시간이 흘러 여행도 끝에 다다랐다. 한 달이라는 시간이 금세 훌쩍 지나간 것 같기도 하고, 반 년 정도는 지난 것처럼 길게 느껴지기도 한다.

런던에 도착한 첫날, 공항에서 느꼈던 낯설고 어리둥절했던 마음. 차가운 공기 속에서 플랫까지 오는 길이 떨리고 무서웠던 기억. 플랫 방에 도착해서 짐을 풀고 나니 얼었던 뺨과 온몸이 흐물흐물 녹는 것 같으면서 이대로 한 달 동안 잠만 자고 싶다 생각했던 것. 무엇보다 런던에서 한 달을 보내는 동안 이후 내 인생의 방향이랄까 하는 게 어딘가로 확 커브를 틀게 될지도 모른다는 두려움. 그런데 도대체 그 방향이 보이지 않고 알 수가 없다는 아득한 느낌…

노골적으로 까놓고 말한 사람은 아무도 없지만 엄마는 나 때문에 우울증과 무기력증에 빠진 거다. 아빠는 나를 위로하려고 나 때문이 아니라고, 실질적으로 집안의 가장이라는 책임감 때문에 그렇게 된 거라고, 결국 아빠 때문이라고 했지만 내 생각엔 아빠보다 내 문제가 더 큰 것 같다. 왜냐하면 엄마가 우울해할 때마다 아빠는 엄마를 위로해 주고 웃겨 줄 수 있었지만 나는 아무 말도 할 수 없었기 때문이다.

'나'라는 존재를 어떻게 하면 좋을지 몰라 고민하던 마음과, 몰래몰래 훔쳐봤던 엄마의 피곤한 표정과 아빠의 어색한 웃음들.

런던에 와서도 그 기억이 떠오를 때마다 왈칵 눈물이 날 것 같았다. 하지만 '괜찮아. 잇츠 오케이. 댓츠 오케인가? 그래, 아임 오케이! 흐흐.' 혼자 속으로 농담을 하며 더 이상 깊이 생각하지 않고 넘겨 버리려고 노력했다.

온갖 생각들이 시소 타듯 마음속에서 흔들리는 가운데 정신없이 런던의 골목들을 쏘다녔지. 안팎으로 더욱 회오리치는 느낌에 멍-해지던 시간들을 보내고.

그 시간들이 다 지나고 이제 내일이면 나는 다시 한국으로, 엄마와 아빠와 형이 있는 집으로 돌아갈 거다. 그다음엔? 일단 고등학교에 입학하겠지. 다시 영국으로 와서 학교에 들어가려 해도 여기는 9월에 새 학기가 시작되니까 그 사이에 여러 가지 준비를 하면 된다.

그냥 한국에서 계속 학교에 다니며 예전 그대로 우리 집에서 살 수도 있을까? 아직 잘 모르겠다.

엊그제에는 나를 만나러 외삼촌이 런던까지 와 주셨다. 그동안 나는 들어갈 생각도 안 해 본 고급 레스토랑에서 스테이크를 사 주셨다. 어쩐지 맛도 잘 모른 채 그냥 꾸역꾸역 먹기만 한 것 같아서 이제 생각하니 아깝지만.

"니가 어린 나이에 많이 힘들겠다."

외삼촌이 나에게 여러 가지 도움이 되는 고마운 얘기를 많이 해 주셨는데 그중에서도 이 말 한마디가 내 마음에 쿵- 하고 부딪혔다. 그전까지는 웃기도 하고 장난 같은 대답도 하고 그랬었는데 저 말을 들은 순간부터는 어떤 표정을 짓기도 어렵고 뭐라고 입을 떼기도 힘들어서 그냥 가만히 있었다. 울고 싶은 것을 참느라 일부러 더 딱딱한 얼굴을 하고 카페 테이블만 바라보고 있었다.

외삼촌 말로는, 엄마가 완벽주의 성향이 있는데다 교과서적인 사람이라 여러모로 조금은 특별한 우리 집의 상황에 맞춰 가는 게 쉽지 않아서 과도기를 거치는 중이라고 했다. 나하고 맞춰 가는 게 어려운 게 아니라 '상황'에 맞춰 가는 게 어려운 거라는 말이 내 마음을 조금은 어루만져 주었다. 정말 그럴까?

"이제 태호도 대학 들어가고, 니 아빠도 뭔가 준비하는 게 있다던데 그게 잘 풀리고 그러면 니 엄마도 여유가 생기겠지."

거기에 나만 없다면 모든 게 딱 좋으련만 내가 있어서… 아니야.

못난 생각 하지 말자.

그러면서 외삼촌은, 내가 영국에서 얼마간이라도 공부를 하다가 한국으로 돌아가면 모든 게 더 좋아질 거라고 했다.

"오래 걸리지 않을 수도 있어. 한 1,2년 여기서 공부하느라 좀 떨어져 지내다 보면… 니 엄마가 너 어릴 때 얼마나 이뻐했니? 니가 태호랑 달리 엄마한테 착 붙어서, 아주 딸 같다며 너무 좋아했잖아. 그렇게 함께해 온 시간이 있으니까 자기도 여러 가지 생각이 들겠지. 그동안 너도 넓은 세상에서 공부도 하고 성장할 수 있고. 난 오히려 희망적으로 보이는데."

내가 유학을 하기로 결정하면 외삼촌 집에서 지내는 것에 대해 모두가 웰컴이라는 말도 했다.

"외숙모 성격 알잖아? 워낙 털털하고 거리낌이 없어서 너 왔다고 특별히 잘해 주지도 않을 거다, 아마. 하하."

그런데 외삼촌 집이 있는 곳은 런던하고는 분위기가 좀 다르다고 하면서 의외의 얘기를 하셨다.

"내 직장 때문에 거기서 사는 건데, 거기는 런던처럼 다양한 인종이 있는 게 아니라 주변에 다 백인들뿐이거든. 진영이가 처음에 동네에 있는 공립학교에 갔는데 거기서 인종차별을 당하면서 좀 힘들었어. 내 월급으로는 사립학교가 무리인데도 할 수없이 옮겨 줬지. 너는 어떨지 모르겠다."

"아유, 저는 걱정하지 마세요. 만약에 가게 된다 해도 저는 공립에서 잘 버틸 수 있어요. 지금 있는 플랫에서도 금발머리, 빨간머리 친구들과 금세 친해졌는데요. 흐흐."

엄마 아빠가 생활비 정도는 보내 주겠지만 지금 돈이 많아서 유학을 하게 된 상황이 아니니까 눈치가 있어야겠지. 사실 유학을 간다면 그건 공부 쪽으로 뜻과 재능이 있는 형이 가야 하는데 어쩌면 내가 형 앞길까지 막는 건 아닌지 모르겠다. 난 항상 내 의도와는 다르게 주변 사람들을 힘들게 만들고 있는 건가.

"뭐, 그건 나중 얘기니까 그때 가서 생각하면 되고. 일단 너는 유학 오는 거 싫지 않은 거지?"

"제가 싫을 게 뭐가 있나요? 그저 감사하죠. 흐흐."

"지난번에 통화하면서 보니까 니 엄마 아빠가 아직 확실하게 결정을 하지는 못했더라고. 자기네도 아직 마음이 갈팡질팡하겠지. 일단 너 돌아오면 런던 여행이 어땠는지 얘기도 들으면서 좀 더 생각할 거 같아. 니가 싫다는데도 억지로 보내거나 하진 않을 거야. 그리고 여긴 9월에 학기 시작이니까 시간 여유도 좀 있고. 넌 오히려 다양한 가능성이 생긴 거라고 좋게 생각해."

"그럼요. 그렇게 생각합니다. 흐흐."

"짜식. 잘 웃어서 좋네."

"흐흐흐."

외삼촌과 레스토랑 앞에서 헤어지고 조금 걸어가는데 비가 내리기 시작했다. 일기예보에서 '샤워'라고 표현하는 비로, 주룩주룩 내리는 게 아니라 안개처럼 흩뿌리는 비였다. 이 정도면 그냥 맞고 갈만도 하지만 그날은 어쩐지 얼굴도 머리도, 그리고 마음까지 눅눅해지는 것 같아 신문지를 펼쳐 덮어쓰고 걸었다. 외삼촌은 잘 웃어서 좋다고 말했지만 얼마 전에 미아가 꼬집었던 것처럼, 웃고 싶지 않은데도 웃어 댄 것 같아서 입을 일자로 꾹 다문 채로 걸었다.

패딩턴에서 사고 났던 날 밤에 좀 감정이 북받쳐서 엄마에게 이상한 카톡을 보냈었다. 당당한 이방인 어쩌구 하는 말은 내가 한 말도 아니면서 (하지만 난 미아가 해 준 그 말을 종종 생각하며 속으로 곱씹어 본다. 당. 당. 한. 이. 방. 인.) 엄마에게까지 말을 했었지.

엄마는 사흘이 지난 후에야 카톡을 확인하고, 다시 하루 뒤에 나에게 답을 했다.

'태서야. 아빠랑 같이 공항으로 마중 나갈게. 조심해서 돌아오렴.'

웃는 얼굴 이모티콘이라도 하나 붙어 있었으면 마음이 한결 가벼웠을 텐데. 하지만 그깟 이모티콘으로 엄마의 숨은 진심 같은 걸 알아낼 수 있는 것도 아닌데, 자꾸 생각해 보지 말자. 생각을 많이 하는 사람은 행복해지기 어려운 것 같다.

오늘도 샤워가 내리는 날이다. 하지만 오늘은 런던 여행의 마지막 날, 힘을 내어 명랑하게 마무리하기로 했다. 이 정도면 후드를 덮어쓰고 다니는 걸로 충분하지.

자주 그랬던 것처럼 주머니에 손을 찌르고서 런던 관광의 중심가를 (트라팔가광장에서 시작하여 빅벤을 거쳐 런던아이가 있는 곳까지 향하는 일직선 거리) 걷기로 했다. 런던 여행 초반에 런던의 상징물들이 모두 있는 이 거리를 걸으며 흥분했던 마음이 떠올라 마지막으로 한 번 더 걸어 보기로 한 거다.

당연한 말이지만, 내가 누구인지 아무도 알지 못하는 이 거리를 걷는 게 마음에 들었다. 여행 초반에는 흥분한 관광객이 아니라 이런 풍경 따위 심드렁한 현지인처럼 보이고 싶어서 표정에도 나름의 연출을 하며 혼자 쇼를 했지만 이제는 흔한 관광객처럼 보이는 게 당연하다는 생각이 들었다. 처음으로 런던에 와서 흥분한 관광객이라니, 얼마나 귀엽고 멋진가.

문득 돌아보니, 처음 런던에 와서 눈이 휘둥그레지고 정신이 하나도 없던 때가 한 달밖에 안 됐는데도 그 사이에 나는 모든 것에 꽤 익숙해졌다. 금방 적응하게 되는구나. 뭐든 빨리 지나가는구나. 다행이다.

한참을 걷다가 늘 지나다니며 슥- 보기만 했던 웨스터민스터대성당 앞에서 발을 멈추게 됐다. 볼 때마다 입장하려는 사람들이 길게 줄을 서 있기에 외관 사진만 찍고 그냥 지나쳤었는데 오늘은 웬일로 사람이 별로 없었다. 몸도 좀 축축하게 얼어붙는 것 같고 해서 잠시 들어가 보기로 했다.

들어가는 입구에 멋있는 조각상들이 많이 서 있었다. 그런데 가만히 보니 다른 데로 옮길 수도 있게 완성된 조각상을 갖다 놓은 게 아니었다. 아예 이곳 바닥에서 솟아난 것처럼 땅바닥과 하나로 연결되어 딱 붙어 있는 작품들이었다. 위치라도 옮기려면 전기톱이나 어떤 도구를 가져와서 잘라내야 할 정도였다. 대성당에 영원히 뿌리 내린 조각상이라고 생각하니 뭔가 감동적이었고, 그동안 봤던 수많은 예술품들하고는 뭔가 좀 달라 보였다.

정확히는 모르지만, 대성당을 만든 건축가와 여기 있는 조각상들을 만든 예술가가 같은 사람은 아닐 것이다. 그런데도 조각상은 이제 대성당으로 들어가는 입구 그 자체가 되었으니, 어쩌면 대성당의 일부가 된 거라고 말할 수도 있는 거다. 장하구나. 조각상들을 손으로 쓰다듬으며 성당 안으로 들어갔다.

가이드맵을 보니 이 성당은 아직도 시간 시간마다 미사를 드리고 기도 시간도 정해져 있는 살아 있는 대성당이었다. 유럽의 많은 교회와 성당들이 그저 관광지로 변해 버린 곳이 많던데 여기는 그렇지 않았다. 그래서 더 들어가려는 사람들이 많았던 건가.

'신께서 인간의 일상 속에 함께 살아 계신다.'는 글귀도 있었다.

예전에 원호를 따라서 교회에 갔던 적이 있는데 (자기 엄마 때문에 교회에 다니는 원호가 상품을 받으려고 나를 데리고 간 거였다.) 교회에서 좋았던 것은 푸짐한 간식과 친절한 선생님, 그리고 하나님이라는 분이 내 기도를 듣고 있다는 얘기였다.

내가 아무도 모르게 속으로 혼자 기도하는 것을 하나님이 다 듣고 적당한 때에 대답해 준다는 게 나는 마음에 들었다. 그래서 한때는 밤중에 자다가 갑자기 깼을 때나 주말 아침에 아직 다들 자고 있는데 혼자 일어났거나 하는 때에 내 방 침대에 우두커니 앉아서 기도를 하기도 했다. '하나님 아버지'라고 배웠지만 나는 어쩐지 '아버지'라는 말을 붙이는 게 어색해서 그냥 '하나님' 하고 부르며 기도를 시작했었다.

하지만 꽤 여러 번 기도를 했는데 아무도 그 기도를 들어 주는 것 같지도 않고 뭔가 대답해 주는 느낌도 들지 않아서 그만두었다.

오늘 뭔가 엄청나게 거룩하고 웅장한 기운을 뿜고 있는 웨스터민스터대성당 안에 들어와 기다란 의자에 혼자 앉아 아름다운 스테인드글라스를 바라보고 있자니 '기도 한 번 해 볼까?' 하는 마음이 들었다.

뭐라고 기도를 하지?

하나님. 제가 런던으로 여행을 온 지 벌써 한 달이 되었네요. 걱정 많이 했는데 혼자 런던까지 잘 와서 별일 없이 잘 지냈습니다. 아참, 지난번에 패딩턴에서는 사고를 당할 뻔한 적도 있었지요. 그때 혹시 저를 지켜 주신 게 하나님인가요? 그런데 사실은 제가 런던에 온 거 자체가 사고라면 사고 때문이지요. 엄마가 우울증에 걸렸는데 아무래도 그게 저 때문인 거 같아요. 그래서 제가 집을 좀 떠나 있는 게 어떨까 하고 아빠랑 저랑 생각해 봤거든요. 하나님. 저만 아니면 엄마는 우울증에 걸리지 않았을까요? 친아들도 아닌 저를 친아들처럼 사랑해 주면서 키우느라 너무 힘들어서 우울증에 걸린 걸까요? 하나님. 저는 왜 세상에 태어난 걸까요? 당신은 사랑

받기 위해 태어난 사람. 그런 노래가 있는데, 저도 사랑받기 위해 태어난 사람인가요? 이제 내일이면 다시 한국으로 돌아갈 텐데, 하나님, 솔직히 조금 겁이 납니다. 엄마의 우울증이 많이 나아 있기를 바라기도 하지만, 제가 없으니 좋아진 것을 확인하게 되면 슬플 것 같기도 하고, 어쩌면 좋을지 모르겠어요. 하나님. 너무 바쁘지 않으면 저와 함께 계셔 주세요. 부탁이에요.

기도라고 하기도 좀 뭣한, 나 혼자 속으로 주절주절 얘기를 늘어놓고 있는데 괜스레 마음이 울컥하면서 눈물이 나오려고 했다. 아이고, 오늘은 즐겁게 마무리하기로 했는데 이게 무슨 일이야. 한 달 동안 외국에서 혼자 여행을 하다 보니 감성이 터지나 보다, 크크. 성당 같은 데에 앉아서 눈물을 찔찔 흘리는 건 타쎄오 초이하고 어울리는 콘셉트가 아니지.

벌떡 일어나 이쪽저쪽으로 다니며 구경을 하는데 갑자기 어디선가 가냘픈 바이올린 선율이 들려온다. 앗, 그런데 이 노래는 바로 '당신은 사랑받기 위해 태어난 사람.'

뭐지, 이거?

음악 소리를 따라 성당 밖으로 나와 보니 마당 한쪽에서 어떤 남자가 바이올린을 켜고 있다. 검은 바지에 흰 셔츠를 입은 동양 사람이고, 발치에 바이올린 케이스와 백팩이 놓여 있었다. 내가 보기에 유학이나 관광을 온 바이올린 전공자가 대성당에 와서 감흥에 젖어 즉석연주를 하는 것 같았다. 난 음악 잘 모르지만 바이올린 선율이 아주 매끄럽고 마음에 감동을 준다. 사람들이 근처에 둘러서서 미소를 지으며 연주를 듣거나 동영상 촬영을 하고 있다.

'당신은 사랑 받기 위해 태어난 사람⋯ 당신이 이 세상에 존재함으로 인해 우리에게 얼마나 큰 기쁨이 되는지⋯'

아까 기도를 하면서 이 노래를 생각했는데 곧바로 이렇게 훌륭한 연주를 듣게 되다니, 이런 게 혹시 기도에 대답을 해 주시는 것일까. '넌 사랑 받기 위해 태어난 사람이야. 너의 존재가 세상에 기쁨이 된단다.' ⋯정말요?

연주가 끝나자 사람들이 박수를 치고, 남자는 "땡큐. 감사합니다."라고 인사한다. 한국 사람이었구나. 그러고 잠시 후 다시 바이올린을 고쳐 잡더니 또 다른 노래를 연주하기 시작했다.

'When I find myself in times of trouble

Mother Mary comes to me

Speaking words of wisdom, let it be⋯'

렛잇비다. 영어 시간에 배웠던 노래.

'내가 힘든 시간 속에 있을 때에 어머니께서 내게 다가와 지혜로운 말씀을 들려주시길, 내버려 두어라, 순리에 맡겨라⋯'

이 노래는 비틀스 멤버인 폴 메카트니가 만든 노래인데, 그가 열네 살 때 돌아가신 엄마 이름이 메리라서 'Mother Mary'라고 쓰기도 했고, 성모마리아를 의미하는 것도 있다고 비틀스 덕후인 영어 샘이 알려 주셨다. 나는 어쩐지 어머니라고 해석하는 게 더 좋았고, 이 노래가 아주 마음에 들어서 가사를 외워 흥얼대며 다니기도 했었다. 붙어 다니던 원호에게서 '아주 고문을 한다'며 욕을 먹기도 했지만. 크크. 그런 노래를 지금 여기서 '당신은 사랑받기 위해'에 이어 듣게 되다니 왠지 감동이 되고 얼어붙었던 몸과 마음이 훈훈해졌다.

'그냥 내버려 둬. 순리에 맡겨. 그럼 다 잘될 거야.'

렛잇비 연주가 아직 끝나기 전에, 음악이 계속 들려오는 상태에서 나는 대성당을 떠나 걸어가기 시작했다. 뭔가 뒤에서 나를 응원해 주는 손길을 느끼며 씩씩하게 걸어가고 싶었다고나 할까.

사실은 오늘 꼭 들러야 할 중요한 곳이 한 군데 있다.

이곳에 와서 한 달 가까이 있는 동안 한국에 있을 때하고 너무너무 다른 점이 있었는데, 그건 바로 외모에 대한 신경을 꺼 버린 점이다. 한국에서는 그래도 가끔 드라이도 하고 학교에서나 전철을 탔을 때에나 한 번씩 유리창에 내 모습을 비춰 보며 머리를 매만지고 옷이나 신발이 어떤지 살피곤 했다. 애들 사이에서 "야, 너 오늘 스타일 졸라 구리다." 하는 소리를 듣지 않기 위해 항상 조금쯤 노력을 기울여야 했다.

그런데 여기에 와서는 그런 쪽으로 아예 관심이 생기지도 않았던 거다. 의사소통도 쉽지 않고 언제나 조금쯤은 긴장 상태에서 살아

가고 있어 그랬는지 내 머리가 어떤지, 옷이 어떤지 같은 건 중요하지도 않았다.

실제로 이곳 사람들은 한국 사람들처럼 다른 사람의 외모에 관심을 갖는 경우가 없는 것 같았다. 여기에 와서야 한국 사람들이 얼마나 패션에 관심이 많은 멋쟁이들인지 알 수 있었다. 런던에 와서 본 사람들 중에서 옷이나 외모에 신경 쓰는 사람은 알렉스밖에 없었다. 알렉스는 늘 자기 외모에도 엄청난 정성을 기울이고 남의 옷이나 헤어스타일 같은 데에도 관심이 많았다. 그런데 그가 예쁘다고 생각하는 기준 또한 일반적이지는 않다는 게 함정이랄까. 흠.

하여튼 외모 따위에는 신경 쓰지 않고 한 달 가까이 살았다. 그런데 엊그제 문득 거울을 봤는데, 아이고야, 머리카락이 더부룩하게 자라 너무 답답하고 지저분해 보였다. 엄마가 공항에 마중 나오겠다고 했는데 한국 가기 전에 머리를 정리해야겠다는 생각이 들어 미장원을 찾아봤다. 그러다가 스윗커티지역 부근에서 '케사르 헤어숍'을 발견했다.

밖에서 기웃대며 살펴보니 우리나라 미장원에 비해 엄청 소박한, 약간은 시골 이발소 같은 분위기였다. 유리창에는 메뉴판 같은 것을 붙여 두어 값을 알 수 있게 해 뒀는데 남자의 경우 바리깡으로 그냥 짧게 깎으면 10파운드, 가위질을 하며 스타일리쉬하게 자르면 12파운드, 깎고 나서 샴푸까지 해 주면 14파운드… 등이었다. 음, 좀 비싼 거 같은데.

그러나 이후에 다른 곳 몇 군데를 더 알아보니 케사르는 비싼 편이 아니었다. 헤어숍을 찾아다니다 런던 사람들이 헤어스타일에 신경을 쓰지 않는 이유를 알게 됐다. 머리 자르는 데 너무 돈이 많이 들기 때문이다, 헉.

여하튼, 그래서 나는 오늘 '케사르 미장원'에서 머리를 자르기로 했다.

'렛잇비'를 흥얼거리며 유리창에 붙은 메뉴판을 다시 한 번 살펴보고 있는데 전철역에서 미아가 나오는 게 보였다. 입을 꼭 다물고 뭔가 골똘히 생각하는 얼굴로 또박또박 걷고 있다. 어렸을 때, 내가 입을 헤- 벌리고 있으면 엄마가 "태서야, 입!" 하고 말하며 입술을 붙이라고 손짓으로 알려줬었는데. 엄마가 미아를 보면 '야물딱진 아이'라고 칭찬해 줄지도 모르겠다.

"미아. 일찍 오네!"

미아가 나를 보더니 입꼬리를 살짝 올려 미소를 짓는다.

"여기서 뭐 해?"

"머리를 좀 자를까 하고."

"헤어 컷?"

"나 이제 내일 한국 돌아가. 가기 전에 머리 좀 정리하려고."

"내일? 한국에?"

미아가 나를 바라보며 눈을 동그랗게 떴다. 예상보다 서운한 표정이라 내 마음이 좀 뿌듯하기도 하고, 나도 덩달아 막 서운하기도 하고 그랬다.

"다시 올 수도 있지만, 일단 집에 가야지."

"여기서 자르려고? 아는 곳이야?"

"아니, 이 정도 가격이면 많이 비싼 편은 아닌 것 같아서. 안 그래?"

미아가 케사르 헤어숍을 기웃거리며 살펴보고, 메뉴판도 꼼꼼히 들여다보더니 뜻밖의 말을 했다.

"많이 비싸진 않지만 싼 편도 아닌데. 그냥 내가 공짜로 잘라 줄게."

"니가?"

"나 지금 아르바이트 그만두고 오는 길이야. 다음 주부터 헤어 학원 다시 나가려고."

"헤어 학원?"

"나 미용 기술 배우다가 잠시 쉬는 중이었어. 내 방에 도구들도 다 있다구. 가자."

그러더니 마른 다리로 보폭을 널찍하게 착착 벌려 집 쪽으로 향한다. 걸음이 어찌나 빠른지 경보 선수 같다. 나도 짧지 않은 다리를 착착, 벌리려고 했지만 좀 힘들어서 대신 빨리빨리 움직여 열나게 쫓아갔다.

집에 도착해 현관 앞에 엉거주춤 나를 세워 두고는 미아는 잽싸게 자기 방에 들어가 바리깡과 가위, 얇은 빗 하나를 들고 나오면서 말했다.

"가운이 없는데 어쩌지?"

아하. 어렸을 때 엄마가 마당에서 형이랑 내 머리를 잘라 준 적 있었는데 그때 했던 방법을 쓰면 되지. 나는 신문지를 펼쳐 가운데를 동그랗게 잘라 머리통을 집어넣어 미장원 가운을 만들었다. 훌륭하군.

"좋아. 해 보자."

신문지를 뒤집어쓴 나를 화장실 욕조 난간에 앉혀 놓고, 검은 색 앞치마 허리띠를 단단히 돌려 묶는 미아의 모습은 진짜 헤어 디자이너 같았다. 하지만 아직 진짜 헤어 디자이너는 아니었는지 '여기 저기 가위질 조금과 바리깡 조금 + 약간 떨어져서 살펴보기' 세트를 몇 번이나 반복하는 미아의 표정은 점점 심각해지고.

"저기, 너무 짧게 자르는 거 아니야?"

"많이 자르진 않았어. 조금씩 다듬는 중이라고."

"아, 그래, 오케이, 좋아."

그러나 결국 내 머리는 대단히 스타일리쉬한 유럽풍 빡빡이가 되었다. 오마이갓.

"…이상해?"

"어, 아니야. 좋아. 머리가 엄청 가볍고 개운하네. 아하하하."

웃고 싶지 않은데 너무 웃어 댄 게 티가 났는지 미아가 미안하다는 말을 남기고 어깨를 늘어뜨린 채 욕실을 나갔다. 그런데 머리를 감고 나서 거울을 보니 어렸을 때 엄마가 잘라 줬던 스타일과 비슷하다는 게 느껴졌다. 형이랑 나는 너무 싫어했지만 엄마는 '남자는 무조건 짧은 머리, 이마가 훤히 드러나야 예쁘다.'고 하는 사람이었다. 엄마가 보면 좋아할지도 모르겠네. 크.

이제 가방을 챙기고 내일 아침 떠날 준비를 해야겠다. 미아와 알렉스, 나의 작은 플랫도 오늘이 마지막이구나.

미리 깨끗이 빨아 놓은 옷들을 챙겨 넣고, 방 청소도 싹 해 놓고, 예지 누나에게 작은 카드에 글을 썼다. '덕분에 잘 지내다 갑니다. 누나의 양반김을 한 개 먹었어요. 대신 진라면 하나 남겨 두고 갑니다. 런던 생활 잘 해 나가시길 바래요.'

한 개 더 남은 진라면은 알렉스의 찬장에 넣어 두었다. '친절하게 대해 주어 고마웠어요. 늘 행복하게 지내시길. 옆방의 늙어 보이는 소년 ^^ 타쎄오로부터.'

3분카레와 햇반, 스팸 등 나머지 것들은 비닐봉지에 한데 넣어 미아에게 주기로 했다. 남은 게 뭔가 더 있으면 뭐라도 더 주고 싶은데 남은 게 없다. 미아는 얼마 전에 켄싱턴파크에서 나를 위해 쇼를 벌이기까지 했는데. 나는 아무것도 모르는 척했지만 사실은 다 알고 있었다. 고마운 미아.

똑똑, 처음으로 1층 방문을 두드렸다. 미아가 문을 열고 나를 보더니 머리칼을 유심히 살피며 심각한 표정을 지었다. 괜찮다니까. 난 헤어스타일 따위에 흔들리는 남자가 아니야. 홋. (그렇게 이상하니? 흑.)

어쨌거나 지금 중요한 건 이거지. 비닐봉지를 불쑥 내밀며 말했다.

'맨날 라면만 먹지 말고 밥을 먹어야 돼. 혼자 씩씩하게 살아가는 너를 보고 많은 것을 배웠다. 너는 파워걸이야. 항상 행복하렴.'

하지만 실제로 내가 한 말은.

"어, 나 내일 가는데 이것들이 남아서, 그냥 너한테 주고 가려고. 머리도 공짜로 잘라 줬는데 말이야."

"고마워… 머리가 너무 짧지?"

"아냐 아냐. 감고 나서 제대로 보니까 아주 괜찮아. 맘에 들어."

"정말?"

"응. 정말."

"혹시 다음에 기회가 있다면 그땐 더 잘 자를 수 있을 거야."

"좋아. 기대해 보겠어. 하하."

"영국으로 유학 올지도 모른다고 한 건 어떻게 됐어?"

"일단 집에 가서 부모님하고 얘기해 봐야 되겠지만, 뭐, 난 어떻게 되든지 다 좋다고, 잘할 수 있다고 마음먹었어."

"오오, 쿨한데."

"내가? 흐흐, 고마워."

"음, 너 덕분에 나도 힘낼 수 있었어. 그리고."

미아가 말을 멈추고는 잠시 나를 빤히 바라보고 있다. 뭐지? 고백?

"나, 사실은 열일곱 살 아니야. 나도 열여섯 살이야."

으응? 그럼 누나가 아니라 친구잖아. 나는 3월생이니까 태어난 달로 따지면 내가 오빠일지도 몰라.

"정말? 잘됐다. 헤헤."

"유학 오게 되면 꼭 연락해."

"당연하지. 너는 런던에서 내가 처음으로 사귄 친구야. 친구. 프렌드."

"아, 칭구. 오케이."

이제 마지막 인사를 어찌 하면 좋을지 몰라서 이 초쯤 머뭇거리다가 주먹을 불끈 쥐면 말했다.

"파이팅!"

"파이팅?"

"파이팅 몰라? 전진하라! 힘내자고."

"아, 오케이, 힘내자. 그런데, 파이팅이 아니라, 렛츠 고, 아니면 굿럭이라고 하면 돼."

"아니, 그렇게 쉬운 말이었어? 오케이. 렛츠 고, 고고고. 그리고 베리 굿 럭!"

나를 보며 미아가 풉- 하고 웃는데, 턱 옆에 작게 보조개가 들어간다. 아주 귀엽고 예쁘다. 자주 웃으렴. 웃으니까 훨씬 예뻐.

런던에서의 마지막 새벽이다. 떠날 준비 끝. 다시 돌아오게 될지

어떨지 모르지만 일단은 한국으로, 가족들이 있는 집으로, 돌아갈 준비 끝.

조그만 플랫 방에 미리 챙겨 둔 캐리어가 덩그러니 놓여 있고 내 머리는 빡빡이에 가깝지만 그래도 마음은 희망차다. 열여섯 살 인생 동안 쉽지 않은 일이 많았지만, 그래도 나는 언제나 명랑하게 살아간다.

작가의 말

몇 해 전, 이 소설에 나온 태서처럼 런던에서 작은 플랫 하나를 빌려 두 달 동안 '현지인처럼 살아 보는 여행'을 했다.

처음으로 가 본 유럽이 '런던'이어서 그런지 그곳의 모든 것이 너무나 품위 있고 멋있어 보였다, 라고 말하는 건 지금 와서 하는 말이고, 그 당시 썼던 일기를 보면 투덜거리고 징징거리는 얘기가 한가득이다. 영어를 잘하지 못해 쪽팔려서 투덜거리고, 주방과 욕실을 같이 쓰는 옆방 이탈리아 총각이 맘에 안 들어서 구시렁대고, 여름인데도 하늘은 칙칙하고 날씨는 으슬으슬해서 징징거렸다.

그러다가 한국에 돌아오니 떡볶이도 맛있고 쫄면도 맛있고 집 앞에 있는 올림픽공원도 너무너무 새롭고 좋았다. 납작하고 정감 가게 생긴 얼굴들도 다 마음에 들었다. 나는 올림픽공원에 가서 (런던의 파크에서 일광욕 하던 금발 언니들보다 우아하게) 잔디에 엎

드려 새우깡을 먹으며 책을 읽었다.

그렇게 시간이 흐르다 보니, 아, 이놈의 대한민국은 뉴스만 봐도 스트레스 쌓이고, 어디서 온 건지 생긴 건지 미세먼지도 괴롭고, 남의 일에 전통과 도덕을 읊어 대며 참견이 늘어지는 촌스런 얼굴의 이웃과 친지들도 피곤했다.

이번에는 뉴욕으로 날아가 작은 원룸 아파트를 빌려 한 달 동안 지냈다.

미국은 유럽하고 분위기가 많이 달랐는데, 뉴욕이 워낙 그런 건지 미국은 다 그런 건지 모르겠지만, 하여튼 유럽하고는 또 달랐다. 뭔가 좀 더 요란하고 분주한 느낌이랄까. 그래서 활기차고 멋지고 좋았다, 라고 말하는 건 역시 지금 와서 하는 말이고, 그 당시 썼던 일기를 보면 역시나.

뉴욕에서 돌아와 그 해의 가을과 겨울은 좀 우울하게 보냈다. 유럽에도 가 보고 미국에도 가 봤으니 더 이상 갈 곳이 없어서 허탈하여 그랬다, 고 하면 거짓말이고, 그냥 뭔가 의욕도 없고 힘도 없이 그 해를 보내 버렸던 것 같다.

그러다가 새로운 해가 되어, 새로운 결심과 각오를 다지고, 인생이 늘 그렇지만 계획에 없던 일과 사람을 만나고, 그러면서 또 다른 계획과 꿈이 생기고… 그렇게 여기까지 왔다.

그 사이에도 루앙프라방(라오스)에서 살아 보기, 샌프란시스코에서 살아 보기, 블라디보스토크(러시아)에서 살아 보기, 제주도에서 살아 보기, (같은 서울이지만 생전 처음 가본 곳) 연희동에서 살아 보기를 했다. 어디에서 살든 징징댈 일도 있고 멋지고 좋은 일도 있었다. 그리고 결국엔 '내 집이 최고'라며 다시 돌아왔다. '지겨워서 못 살겠다'며 또다시 떠날 곳을 알아보지만.

　고치고 다듬다 보니 많은 부분이 달라져 버렸지만, 처음에 이 소설을 쓰기 시작하면서 하고 싶었던 말은 '여러분, 어디로든 떠나 보세요, 낯선 곳을 둘러보세요, 세상엔 다양하고 멋있고 뻔하고 지겹고 결국엔 다 똑같지만 그래도 새로운 일들이 가득하답니다.' 이것이었다. 도대체 명랑하기가 어려운 두 아이가 나오지만 그들이 하는 말도 결국 '에이, 그래도 명랑하게 살아 보겠어.' 이것이니까.
　명랑하게 웃을 일 별로 없을 때가 더 많은 인생이지만 청소년들을 보면서 ― 시험 망친 얘기를 하면서 푸허허 웃고, 다이어트는 내일부터라며 까르르 웃고, 이번 생은 망한 것 같다며 크하하 웃는 모습들을 보면서 ― 배우고 따르고자 한다. 일단 명랑하게 살아가자고. 그러다 보면 어느 때엔가는 진정 명랑한 사람이 되어 주위에 예쁘고 화창한 기운을 흩날릴 수도 있을 거라고.

쿠크다스보다는 초코하임,
칸초보다는 홈런볼을 좋아하는,
장미